JN319140

やわらかな闇を抱いて

神奈木　智

幻冬舎ルチル文庫

CONTENTS ✦目次✦

やわらかな闇を抱いて

✦カバーデザイン＝高津深春（CoCo.Design）
✦ブックデザイン＝まるか工房

イラスト・ヤマダサクラコ✦

すべては夜から生まれる

闇の中、手探りで服を探す。乱雑に床へ脱ぎ散らかされた衣類は、月明かりも差さない部屋では毎回集めるのが至難の業だ。

「うるせぇな。何ゴソゴソやってんだよ」

「ごめん、服が……っくしゅっ」

いつまでも裸でいたせいか、言葉の最後がくしゃみに消えた。隣でうたた寝をしていた優《ゆう》司《じ》が、いかにも迷惑そうな様子でベッドから起き上がる。誓《さとし》は洟《はな》を啜《すす》り上げながら、慌てて手にしたトレーナーを引っ被《かぶ》った。

「起こしちゃった？　ごめんな、優司」

「……タバコ」

どこだっけ、と問われるまでもなく、誓が半分潰《つぶ》れたハイライトの箱と百円ライターを手早く彼へ差し出す。自分の服の在処《ありか》がわからなくても、優司がどんな時に何を求めるのかはちゃんと把握しているのだ。

遠慮してつけなかったサイドテーブルのスタンドを、優司のために灯《とも》してやる。続いてカチリと小さな音がして、淡い炎の揺らぎが端整な横顔を気だるく縁取った。誓はいつものように息をのみ、鋭さを孕《はら》んだ綺麗《きれい》な輪郭と精悍《せいかん》な目許《めもと》にしばし見惚《みと》れる。どんなに膿《う》んだ生活を送っていても、不思議と優司の美貌《びぼう》には澱《おり》の溜《た》まることがない。初めて彼に会った夜から、誓はその顔に弱かった。

『あんたは、本当に救いようがないね』

母親は、誓が子どもの頃から口癖のようにそう言っている。なんでもありな場末で育った割に、夢見がちな性格をしているからだ。もっとも、優司にとってはかなり有難かっただろう。誓は大概の我儘《わがまま》をおとなしく受け入れたし、面倒なことは一切言い出さない。優司が「ろくでなしのヒモ」と人から呼ばれるようになってから食い物にした女は三人変わったが、誓だけは一瞬も彼を見捨てなかった。

『だから、救いようがないってんだよ』

自分の息子が男にたぶらかされようが、この街ではそれほど驚くことではない。まして、誓のような優しげな風情の少年ならば尚更《なおさら》だ。決して目を見張るような美少年ではないがそこそこ見栄えが良かったし、ぎらついたネオンの中では浮いてしまうほど涼しげな空気を纏《まと》っていた。

『男に、ただでヤらせてんのよ。大バカだよ。その身体《からだ》で稼ぐってんならまだしもさ』

呆《あき》れた調子で母親は憎まれ口を叩《たた》くが、金を貢がされていないだけ優司の女たちよりはマシな扱いと言えるだろう。優司と寝た人間の中で誓は唯一、六桁《けた》までの金しか財布に入れたことのない人種だった。

「今、何時だ？」

十二で覚えた酒のせいで、優司の声はいい具合に掠《かす》れている。寝起きの不機嫌な声音《こわね》そのままで、つっけんどんに彼は言った。

「たまんねぇな、寒くて。だから、木造は嫌なんだよ。どっから来るんだ、この隙間風《すきまかぜ》」

「英里《えり》さん、引っ越すって言ってたよ。十二月に入って以来、優司がもう二ヵ月も文句を言いっ放しで困るって。三丁目辺りで、鉄筋の新築物件探してるんだって」

「あいつ、おまえの店でまたそんな愚痴垂れ流してんのか。最近、ケンカばっかりでさ。そろそろ、潮時かもしんねぇな」

「もう？　サイクル、短くなってるね」

何気なく返した一言だったが、優司はギロリと誓を睨《にら》みつける。

最近、彼はずいぶんと怒りっぽくなった。

そんな英里のセリフを思い出し、誓は手早くコーデュロイのパンツと靴下を身に付ける。

触らぬ神に祟《たた》りなしだ。

「おまえって、本当に色気ねぇな」

着替える誓に向かって毒づき、優司は細長い煙を吐き出した。誓のまだ成長過程にある身体つきは、ふくよかなラインを描く女性とは確かに美しさの点では比べ物にならないだろう。

その自覚はあるので、少しだけ悲しい気持ちになる。それをわかっているくせに、筋ばった長い腕や尖《とが》った肩のラインなどを舌で味わう度、優司は「ゴツゴツしてんな」と意地悪く笑うのだ。当たり前じゃないか、と誓は反論するが、彼は単に誓の傷ついた顔が見たいだけなのだった。

「なんだよ、もう帰んのかよ」

すっかり身仕度を終えてしまうと、ベッドから幼稚園児のように服を引っ張ってきた。キャミソール姿の美女ならともかく、欲望を吐き出した後で用済みの裸の男にウロウロされたら不愉快だ、と前に誓へ怒ったくせに、帰り仕度を始めると決まって文句をつけて絡むのだ。

「帰るよ。そろそろ、店を手伝わなきゃ」

「ふん。誓、俺と寝るようになってどれくらいたつ？　半年か？　一年？」

「優司がこの街へ来てすぐだから、一年近くになるね。俺、もうすぐ十七になるし」

「そこまで育ったんなら、いい加減に覚えろよ。おまえが帰る前に、俺が目を覚ました時は……一体どうするのか」

「…………」

誓の真っ黒な瞳が、困惑に揺れた。早く帰らなくては、母親から何を言われるかわからない。彼女が切り盛りするスナック自体は一人いれば充分な狭さなのだが、女手一つで誓を育てたせいか、常に息子の行動をコントロールしたがるのだ。

「なぁ、誓？」

「優司……」

ダメだ。逆らえない。

覚悟を決めた誓は、自ら進んでベッドへ歩み寄ると、着たばかりの服に再び手をかけた。裸に脱いでいく様子を満足そうに眺め、優司は吸いかけのハイライトを灰皿に押しつける。裸に戻った誓は諦《あきら》めの混じった吐息をついて、優司の隣へそっと潜り込んだ。

「よしよし、戻ってきたな」

「……犬じゃないんだからさ……」

古いスプリングが二人分の男の重みで鈍く軋《きし》み、誓はふっと英里のことを考える。悲しいことに、彼女への罪悪感などとっくに麻痺《まひ》してしまっていた。感じるのは鈍い胸の痛みと、自己嫌悪からくる微《かす》かな吐き気だけ。でも、それ以上は思考を止めることにしている。優司はこちらの機微に敏感で、少しでも上《うわ》の空でいるとベッドから蹴り落とされてしまうからだ。

「上に乗れよ」

楽しそうに、優司が言った。彼は先刻から何も身に付けていないので、欲望の印がはっきりと見て取れる。二十歳を一つ二つ過ぎたばかりの身体は、新鮮な泉のように情熱の尽きる時がないのだろう。

「まだ無理だよ」

誓は、眉《まゆ》をひそめて首を振った。いくら馴染《なじ》んだ身体とはいえ、元が受け入れるように生まれついてはいないので、前戯もなしに飲み込めというのは無茶な話だ。

「この間も、無理やりやったじゃないか。また傷がついたら、しばらくできないよ？」

「しょうがねぇな」

チッ、と舌打ちする音がした。続いて、優司は素早く身体を反転させ、乱暴に誓を組み敷いて肌に唇を寄せる。そのまま荒々しく右の乳首を噛《か》まれ、誓は短く息を吸い込んだ。

「……んっ……」

「冷たい身体だな」

胸元を歯で甘噛みしたまま、優司はちろちろと舌先でいたぶり始める。生暖かい唾液《なえき》が淫《みだ》らな音をたて、誓は耳から熱くなった。

「……う……く……っ……」

「一緒にされると、弱いんだろ」

「ん……」

固く尖らせた乳首を責めながら、優司が左手を下半身へ伸ばしてくる。誓の一番正直な場所が、その指を待ち兼ねたように膨らみを増した。微熱に包まれた誓自身を慣れた仕種《しぐさ》で擦《こす》り上げ、優司は濡《ぬ》れた唇を少しずつ首筋へ移動させていく。首の付け根と鎖骨の間が、誓の弱いところなのだ。

「あっ……ゆ……じ……っ」

案の定、短い口づけを埋めただけで、細い身体が小さく跳ねた。何十回抱かれようと、誓の反応には予定調和なところが一つもない。特に男が好きなわけでもない優司がいつまでも誓を手放さないのは、このぎこちなさが甘く胸を締めつけるせいだった。

「ゆ……うじ……ぁ……あ……っ……」

「出せよ、もっと。そういう声」

「あ！……ぅ……ああっ……！」

切なげな音色に背中をぞくぞくさせながら、優司は勃《た》ち上がった誓の分身を意地悪く追い詰めていく。程なく張り詰めた先端から、吐息のような蜜《みつ》が零《こぼ》れ出てきた。滴《したた》るそれを指先ですくい取ると、ゆっくりと背後へ滑らせる。新たな快感が全身を包み込み、誓は耐え切れずにきつく優司へしがみついた。

「も……そんな、すぐ……やだ……って……」

「だって、あのまんまじゃ無理なんだろ？」

「火種、残ってんだよ……沸点、低いよ……」

「……文句の多い奴だな」

重なる胸から響く鼓動は、先を急かすように優司には聞こえるのだろう。笑みを含んだ唇を強引に誓の唇へ押しつけると、彼は舌を絡ませたその身体を引き上げた。

「乗れよ、誓。自分で動いてみろ」

「……どうしても？」

「そういう気分なんだ」

離れた唇が我儘な形に動くのを、誓はためらいがちに見つめ返す。本当は、騎乗位なんて好きじゃなかった。ただでさえしんどい行為が、確実に何割増しか辛《つら》くなる。

けれど、拒み通して時間を無為にするよりも、出口を求めて渦巻く熱を一刻も早く自由にしたい。誓は覚悟を決めて体勢を立て直すと、慎重に優司の上へ跨《また》がった。

「……う……く……」

身体を沈める前に一度息を止め、次いで深く吐き出していく。優司の指でしっとりと湿らされた入口に、熱い固まりがめり込んだ。

「……あ……っ」

「いいぜ……誓、上手《うま》くなったな……」

上ずる優司の声を支えに、誓は苦痛を堪えて少しずつ欲望を飲み込んでいく。両方の手首を掴《つか》まれているので、逃げる素振りさえ叶《かな》わなかった。やがて、ゆっくりと優司の腰が律動を始める。その途端、内臓を掻《か》き回されるような不快な感覚が襲ってきた。

「ん……う……っ…」

のけぞる身体に容赦なく、何度も欲望の杵が突き刺さる。つま先まで痺《しび》れが走り、誓は夢中で首を左右に振った。幾度も味わった経験から、この異物感がやがて熱した果実のような甘さを帯びてくるのはわかっている。それでも、細い身体は悲鳴を上げ続けた。

「あ……！　あ……ゆう……じ……っ……！」

思うがままに突き上げられ、耐え切れずに優司の上へ倒れ込む。荒い息をついていると、潤んだ肌から彼の香りが立ち上った。瞼《まぶた》の奥に目眩《めまい》を感じ、誓はくらくらする頭で「もっと」と叫ぶ。それに呼応するように優司の動きが速くなり、誓の喉《のど》から再びむせぶような声が溢《あふ》れ始めた。

「誓……誓……」

「あっ……は……ぁ……あ！　あああっ……！」

膨らんだ熱が恐ろしい勢いで高みへ駆け上り、そこでいっきに弾《はじ》けていく。奈落へ落ちるような急激な倦怠感《けんたいかん》が全身を包み、そのまま誓は指一本動かせなくなった。

「は……」

優司から繋《つな》がりを解かれた瞬間、身体が何倍も重くなる。深々とベッドに沈み込み、誓はうっすらと汗ばんだ瞳を開いた。

すぐ傍《かたわ》らでは、憎らしいほど余裕の顔で優司が煙草に手を伸ばしている。どうせ、後始末は誓にやらせるつもりなんだろう。そのために、誓はシーツとタオルのしまってある場所だけは教えられていた。英里と優司の住んでいる部屋で、誓が知っていることといえばそれく

らいだ。

ひどいことをしている、とは思う。

誓は英里を知っているが、気風《きっぷ》が良くて明るくて、いいお母さんになりそうな優しい女性だ。その彼女が働いている間に、彼女の情夫と寝ている自分。もっとも、誓との関係の方が古いので、優司は英里の元へ転がり込む時に一つの条件を出したらしい。

浮気はしない。けれど、誓とは寝る。

バカバカしい条件だったが、どうしても優司が欲しかった英里はそれを承知した。他の女と遊ばれるよりは、と思ったのかもしれない。出勤前に時々母親の店に顔を出して一杯飲んでいくが、カウンターの誓を見ても彼女は嫌味一つ言わなかった。

そろそろ、本当に帰らなければ。

誓は一度目を閉じると、現実へ戻るための準備に入った。

「あのさ、優司」

「ん?」

「あの話、してくれよ。中学の頃に住んでた、海沿いの街の話。高台から、水平線と街が全部見下ろせたんだろ。小さな灯台もあったって」

「おまえ、帰んなくていいのかよ」

「聞いたらすぐ帰る。あの話、好きなんだ」

誓がせがむと、優司は細く煙を吐き出した。視線は宙に浮いたまま、右手で髪を撫《な》でられる。生まれてから一度もこの街から出たことのない自分を、哀れんでいるのだろうか。

「しょうがねぇな」

優司は笑って、語り尽くした思い出をまた頭からなぞり始めた。


「ただいま、母さん。遅くなってごめん」

誓が息を弾ませながら店へ飛び込んだ時、ドッと華やかな笑い声が上がった。

「嫌ねぇ、桜羽《さくらば》さん。あたし、これでも欲のない女って評判なのよ」

「その割には、目利きじゃないか。なぁ、柚木《ゆずき》？　俺がこれまで、どれだけ貢がされたか知ってるだろう？　まったく、この女ときたら高い品しか受け取りやがらねぇ」

桜羽と呼ばれた中年の男が、傍らに控えた三十そこそこの男に同意を求める。だが、自分の部下があらぬ方向を見ているのに気づいた彼は、ようやく居心地が悪そうに突っ立っている誓に視線を留めた。

「…季里子《きりこ》。不良息子のご帰還だ」

「あら、不良ってんならまだ気概があるけど。ダメなのよ、この子は。ろくでもない奴にたぶらかされて、いいように使われてんだから。救いようがないのよ」

「まだ、優司と続いてんのか。けど、あれぁクズだな。ヒモのくせして、女の送り迎え一つしやしねぇ。ああいうのはな、男じゃねぇ。ペットっつうんだよ」

「俺、着替えてくるから」

表情を変えずに誓は奥へ向かい、通り過ぎ様に柚木にだけ目礼をする。こういった嫌味を言われるのは、今が初めてではなかった。だが、母親は桜羽の愛人をやっているし、彼はこの界隈《かいわい》を取り仕切っている大手暴力団の幹部だ。逆らうことなど許されない。

それでも、たった一度だけ「男が好きなら、その手の店に口を利いてやる」と揶揄《やゆ》されて怒鳴り返したことがあった。結局、母親の見ている前で足腰が立たなくなるまで殴られたので、それからは何を言われても無視することに決めている。

「……仕方ないか。優司がろくでなしなのも、俺が男と寝てるのも本当だもんな……」

母子の住居となっている二階へ上がりながら、誓はふうっと溜め息をついた。

歪《ゆが》んだ関係が母親にバレた時、誓はその場で安いソープへ引っ張っていかれた。

女を知らないから、あんなクズに引っかかったに決まっている。それが、怒り狂った母親の理屈だった。

誓からその話を聞いた優司は、涙を流して笑い転げた。笑いの発作が収まってから、彼は「で、どうだった？」と誓へ尋ね、「優司と寝た時の方がずっと感じたよ」と正直に答えると、満足そうにもう一度笑った。

『おまえ、気に入ったよ』

ゆっくりと、優司はそう言った。

『もう、他の奴と寝るんじゃねぇぞ』

そのセリフは、まるで愛の告白のようだった。

だから、誓はあれきり優司以外の人間とは一度も寝ていない。あれは子どもっぽい独占欲が言わせせただけなんだと知った今でも、やっぱり彼を裏切れなかった。

「――誓さん、少しよろしいですか」

ボンヤリ考え事に耽《ふけ》っていたら、不意にドアの向こうから声がした。涼やかで低いトーンに、柚木の整った顔が重なる。ヤクザにしとくなんて惜しいわねぇ、と街のお姉さん方に言われているかなりの男前だ。

「柚木さん？　なんでしょうか？」

「季里子さんから、伝言です。桜羽と出かけるので、店の後片付けと戸締まりをしろと」

「……わかりました。すみません」

「大丈夫ですか？」

「え……？」

突然かけられた脈絡のないセリフに、一瞬返事に戸惑う。柚木は桜羽の側近だが、脂ぎった兄貴分とは違い、外見はすっきりとしたエリートサラリーマンにしか見えない。だが、その見た目通りに勘が鋭い男なので、何を言い出すつもりだろうと軽い緊張を覚えた。

恐る恐るドアを開け、目の前に立つ柚木と顔を合わせる。きつい目付きを和らげるためか、彼は常に眼鏡を着用していた。

「あの……大丈夫って、何がですか？」

「ずいぶん、お疲れのようだったので」

「あ……ちょっと、走ってきたんで……」

「大沢《おおさわ》優司のアパートから？　それは、けっこうな距離ですね。英里だって、歩いちゃ帰りませんよ。繁華街の端から端だ」

「…………」

「差し出がましいのは承知の上ですが」

そう言って、柚木は誓を静かに見下ろす。スーツのよく似合う洗練された身体つきは、身長が百八十センチある優司より更に上背があった。

「這《は》い上がろうとは、思いませんか？」

「這い……上がる？」

「あの男は、商売女に取り入って金を巻き上げるのが生業《なりわい》だ。だが、あなたからはもっと質《たち》の悪いものを奪っているように見えます」

「質の悪いものって……」

「あれを切らない限り、あなたはこの街から出ることも、上へ昇ることも叶わない。俺には、残念に思えますね」

「…………」

はたして、どう答えたら良いのだろう。

柚木は、決して口数の多い男ではない。桜羽と一緒ということもあって店では滅多に私語を発しないし、こうして二人きりの時でなければ誓に声をかけてきたりもしない。

その彼が、突然こんな立ち入った意見を口にするなんて、誓には驚き以外の何物でもなかった。前から、桜羽の目が届かない場所では何かと気遣いをしてくれたが、それも節度を持った範囲内に留《とど》められていたからだ。

「柚木さん、どうして急に……？」

「さぁ、どうしてでしょうね」

気のせいか、微かに柚木は微笑《わら》ったようだ。だが、階下から酔った桜羽が大声で呼びつけたため、たちまち元の能面に戻った。

「俺はね、誓さん」

「え？」

「こう見えても、昔は教師志望だったんですよ。柄にもないお節介は、もしかしたらその名《な》残《ご》りかもしれません」

「柚木さん……」

「では、失礼します」

本気か冗談かわからないセリフを残し、柚木は黙って階段を降りていった。


水野《みずの》誓は、頭の悪い子どもではない。むしろその逆だったので、中学を卒業したら母親の店《スナック》を手伝うと進路相談で言った時、担任の女教師は非常に残念そうな顔をした。

「そう……それは……いいことだわね……」

落胆を隠しきれない様子で彼女は言い、でもね、と急いで付け加える。奨学金という制度もあるから、水野くんさえ希望するなら先生は幾らでも力になるわ、と。

「ありがとう、先生」

誓は、控えめに微笑《ほほえ》んだ。教室でも滅多に表情を変えないだけに、その微笑は教師の胸を悲しく突いた。

「確かに家は裕福な方じゃないけど、それが進学しない理由じゃありません。学校で勉強したいことが、もう何もないんです。数学も古典も英語も物理も、俺はこれ以上知りたくありません」

「だけど、高校は勉強だけの場じゃ……」

「学校に行く時間があったら、早く働きたいんです。せっかく母親が苦労して開いた店だし、この不況でバイトを雇う余裕もないって言ってたから」

「ああ……そうなの……」

「そうなんです」

嘘《うそ》じゃないよ、と誓は心の中で付け加える。

母親が男と別れたばかりで、連日ひどく落ち込んでいます。そんな彼女を支えるのは、高校へ行くよりも大事なことだから。今日だって朝から飲んだくれていて、こうしている間にも何か騒ぎを起こしているんじゃないかと、心配でちっとも落ち着かないんです。

結局、母親がフリーでいたのはたった半月のことで、誓が卒業を目前にした頃にはもう桜羽と店でイチャついていた。昔からそういう女だったのだ。誓は、どうして自分が「夢見がち」と他人から言われるのかようやく納得をし、それでも母親のためにはよかったと心から安堵《あんど》した。

優司と出会ったのは、卒業して一年たった春の晩だ。

十六年前のその夜、誓は近所の駅の公衆トイレで産み落とされた。

「この街は、ずいぶん賑《にぎ》やかだな」

ゴミ袋を引き摺《ず》って店の裏口から出た誓に、優司は暗闇から突然そんな声をかけてきた。

「なんだよ、おまえガキじゃん。ひょっとして中学生か？　いいのかよ、こんな店で働いてさ。ここって、スナックだろ」

「俺の家だから。それに、中学なんかとっくに卒業したよ。今日で、もう十六になるし」

「今日？　誕生日なのか？」

誓が黙って頷《うなず》くと、優司は短く笑う。

「ゴミ袋下げて、ダセぇ誕生日だな」

からかうような言葉と共に、彼は誓へ近づいてくる。街灯の光に包まれた姿は、掠れた声から想像するよりもずっと若かった。

くたびれたジーンズと、毛玉のついた厚手のニット。そのくせ、コートだけはかなりの上等品だ。誓が雑誌で見て欲しいと思っていたブランドの、ロングコートだった。

「なぁ。おまえ、名前は？」

「……水野誓」

「ふぅん、誓か。誓、誕生日おめでとう」

ズカズカと無遠慮に距離を詰め、優司は人を食ったような笑顔を近づける。思わず心を許してしまいたくなるような、魅力的な顔だった。おまけに、他人からそんなセリフを言われたのは初めてだ。桜羽の膝《ひざ》に座っていた母親など、ちらりとも思い出さなかったに違いない。

誓が無言で見返していると、優司はいきなり羽織っていたコートを脱ぎ出した。彼は、薄いシャツ一枚で両手にゴミ袋をぶら下げている誓の肩にそれをかけると、有無を言わさぬ口調で言った。

「これやるから、一回やらせろ」

「え……」

「どうせ、別れた女に貰《もら》ったんだ。気にすんなって。俺、実は今すげー気持ち悪くて」

「は？」

「安い薬、つかまされたらしくてさ。ムラムラしてんだけど、香水や化粧の匂《にお》いなんか嗅《か》いだら絶対吐くから。けど、やりたいし」

「お……俺、男だけど……」

「バッカじゃねぇの。そんなの、見ればわかんだよ。なんでもいいから、突っ込みてぇんだ。わかる？　じゃあ行こう」

「ちょ、ちょっと、なぁ……っ」

グイと強く右手を引っ張られて、アスファルトにゴミ袋が落ちる。そのまま路地の突き当たりまで連れていかれ、誓は立ったまま続けて二回犯された。せっかくのコートは泥だらけになったし、慣れない行為が痛くてずいぶん抵抗もしたのだが、あんまり優司が諦めないので最後には根負けした形だった。

「……俺さ、先月流れてきたばっかなんだ」

事が済んでしゃがみこむ誓に向かって、優司は呑気《のんき》にそんな話を始める。とんだ誕生日だ、とさすがに誓も我が身が情けなくなった。

「なぁ、誓。おまえ、聞いてんのか？」

「店、戻らなくちゃ……」

「無理すんなって。それだけ出血しといて、すぐには立てねぇだろ。バカな奴。おとなしくしてれば、そんなに怪我《けが》しないで済んだのによ。おまえ、要領悪いな」

「………」

一向に悪びれない様子に、何を言っても無駄だと溜め息をつく。生まれてこの方、大概の不幸には慣れたつもりだったが、まだまだ知らない痛みの方が多いらしい。

物心ついてから、初めてまともに「誕生日おめでとう」なんて言ってくれた相手に強姦《ごうかん》されるなんて、間抜けにも程がある。誓はなんだか泣けてきてしまい、優司に悟られないようにそっと顔を隠そうとした。

ところが。

「――悪かったな」

不意に優司が正面に座り込み、コツンと額《ひたい》をぶつけてくる。誓が驚いて目線を上げると、桃色の舌が滲《にじ》んだ涙を舐《な》め取っていった。

「ここで待ってろ。ケーキ買ってきてやる」

「ケーキ……」

「誕生日なんだろ？　やらせてくれた礼に、奢《おご》ってやるよ。だから、少し待ってろ」

「…………」

誓は、唖然《あぜん》として優司を見つめる。

あれだけひどい真似をしておきながら、こいつは何を言っているんだろう。

けれど、怒る前にうっかり笑い出してしまい、それきり怒るきっかけを失ってしまった。

薄暗い路地で、酔っぱらいの喧噪《けんそう》を聞きながらジッと彼の帰りを待つ。そのまま二十分ほど過ぎ、やっぱり戻ってこないかも……と諦めかけた時、こちらに走ってくる優司が目に入った。

「ほら、食えよ」

白い息を弾ませながら、彼がコンビニのショートケーキを差し出す。

「……ありがとう……」

その瞬間。

誓は、初めての恋に落ちたのだった。

柚木の『お節介』が引っかかったまま、一週間が過ぎた。

母親は相変わらず桜羽にべったりで、羽振りの良い生活を送っているようだ。店にも出たり出なかったりが続き、段々桜羽の住む高級マンションにいる時間の方が長くなっていった。うるさい母親の目がなくなったからといって、誓は基本的に自分から優司へ連絡を取ろうとは思わない。大抵は、彼から携帯で呼び出されるまで待っているのだ。求められないのにノコノコ出向くのは滑稽《こっけい》に思えたし、そこに英里がいたら惨《みじ》めになるだけだった。

（どのみち、男の俺じゃ優司にはヒマ潰しにしかなんないもんなぁ……）

開店準備にグラスを磨きながら、誓は鳴らない携帯へ何十回目かの溜め息を落とす。カウンターの上に放り出されたそれは、ずっと沈黙したままだった。

（別に、そう珍しいことじゃないけど。臨時収入でもあって、遊んでるんだろうし……）

誓さえその気になれば、本当は情報なんて幾らでも集めることができる。伊達《だて》に十六年、この街で生きているわけではないのだ。けれど、優司が自分と離れている間どんな暮らしをしているかなんて、知ったところで空《むな》しくなるだけだった。

（母さんもあんまり帰って来なくなっちゃったし、このまんまじゃ店も危ないよなぁ）

ふっとそんな呟《つぶや》きが胸をよぎった時、先日の柚木の言葉が蘇《よみがえ》った。

『這い上がろうとは、思いませんか』

桜羽の寡黙な懐刀《ふところがたな》として、ギラついた野心などついぞ見せたことのない男。そんな人間が発したとは思えない、とても意味深な一言だった。

『あれを切らない限り、あなたはこの街から出ることも、上へ昇ることも叶わない』

不思議だな……と、誓は思う。

柚木は、いつの間に自分の心を見透かしていたのだろう。

彼が言う通り、確かに誓はこの街を出て行きたかったし、もっと違う人生を生きてみたいとも思っていた。優司の住んでいた街の話を聞くのが好きなのも、そこで生活する自分の姿を想像したいからだ。

だが、出て行くのが容易ではないのもまた事実だった。

今の母親に自分は必要ないだろうが、桜羽にはれっきとした妻子がいる。いずれ捨てられた時には、また誓に執着を見せることだろう。

それに……――。

(この街には、優司がいる……)

金よりもっと質の悪いものを、彼は誓から奪っている。そう柚木は言ったし、ある意味それは真実かもしれない。現に、誓はこの場所からどこへも動けない。愛されてもいないのに、気まぐれに抱かれるのを待つだけの、浅ましい身の上とわかっていても、だ。

(……優司が俺に飽きるまで……きっと、俺はどこへも行けないんだろうな……)

貢いでくれる女は次々と見つけるくせに、男は誓だけ、というのがまた未練の元だ。そういう匙《さじ》加減が、優司は憎らしいくらいに上手かった。誓なら何をしても許してくれるとナメているくせに、たまに不安そうな顔を覗《のぞ》かせる。言葉は何もくれないのに、その目が誓を離さないと訴えるのだ。

会いたいな……と、誓は思った。

優しくしてくれなくてもいいから、優司と一緒に眠りたかった。

（……いけない。そろそろ、表の看板に灯《あか》りをつけないと休みだって思われちゃうな）

ママ不在のスナックに、客なんかほとんど来るわけもない。だが、だからと言って閉めているわけにもいかないので、誓は甘い感傷を振り払うと表へ出ようとした。

――と。

「あっ」

「……おっと」

ドアが開いた瞬間、ちょうど店へ入ろうとしていた柚木とぶつかりそうになる。機敏に身をかわして誓を避けると、柚木は珍しく微笑を向けてきた。

「相変わらず、働き者ですね」

「ゆ……柚木さん、こんばんは。あれ？　もしかして、今夜はお一人なんですか？」

「そうですよ」

「いいんですか？　桜羽さん放っておいて」

あんまり驚いたので、うっかり余計なことを口走ってしまう。だが、柚木はさして気に留めた風もなく、優雅に店内へ入ってきた。

「桜羽は、ちょっとヤボ用で。すみません、ミネラルウォーターをお願いします」

「あ、はい。わかりました」

看板はとりあえず後にして、誓も急いでカウンターの奥へ回る。柚木は下戸《げこ》ではない、と桜羽が話しているのを聞いたことがあるが、彼がアルコールを口にするところは一度も見たことがなかった。

桜羽のお供で来ている時と同じ銘柄の、微炭酸のミネラルウォーターを目の前へ置く。柚木は静かに一杯目を飲み干すと、冷えたボトルの残りを手酌でグラスに注ぎ入れた。

「……誓さん。この間は、出過ぎた意見を言いました。申し訳ありません」

「柚木さん……」

「先日、見ましたよ」

見たって何を……と返そうとして、誓はハッと口をつぐんだ。柚木の話題は、一貫している。彼が口数を増やすのは、優司が絡んでいる話に限られていた。

「――優司、元気でしたか？」

空になったボトルを下げ、誓は無理に笑顔を作る。柚木が振るからには、百パーセントろくな内容ではないだろう。だったら、聞く前にはそれなりの心構えが必要だ。

「奴のことが、気になりますか？」

「……ていうか……俺、この一週間くらい優司に会ってないから……」

「噂《うわさ》一つ届ける気配りができない奴など、やめた方が賢明ですね」

柚木は静かに言い切ると、カウンターの上で長い指を組んだ。

「誓さん、あなたは頭のいい子だ。だから、何度も同じ話をするのは、正直俺も気が引けます。ですが、やっぱり言わねばならない」

「柚木さん……俺……」

「あの男とは、すぐに別れなさい。そうして、この街を出て行くんだ。いいですか」

「…………」

「くどいようですが、俺があなたにお節介をやくのは今夜が最後です。そう……もし、自力で別れる自信がないと言うのなら、誰かに彼を始末させましょう」

「そんな……」

「俺は、本気ですよ」

語尾が、ガラリと音を変えた。

誓はびくっと身体を震わせ、目の前の男が何を企《たくら》んでいるのかを必死で考える。桜羽が母親を見初《みそ》めて通うようになってから、柚木が単独で行動したのは今夜が初めてだった。その事実と今の話は、恐らくどこかで繋がっているはずだ。けれど、誓にはどうしても接点が見えてこない。優司と誓の仲は一年越しになるし、今になって柚木が「別れろ」と迫るのも妙なことだ。

何か、事情が変わったのだ。

それも、緊急を要するレベルで。

「脅《おび》えさせてしまいましたか」

蒼白《そうはく》になって黙り込む誓に、柚木は申し訳程度の苦笑を口許へ刻んだ。

「では、少し話題を戻しましょう。俺が先ほど見たと言ったのは、あの男が路上で英里と別れ話をしている場面のことです」

「え……っ」

「もう三日ほど前になります。英里はデカいシャネルのバッグを振り回しながら、泣いて奴に摑みかかっていましたよ」

「それ……本当ですか？」

「あの男は、追い出されたという話です」

「…………」

「彼が誓さんに連絡してこないのは、新しい女を物色しているからでしょう。いくら女泣かせの男前でも、たった一年で四人目ともなれば悪評ぐらい立ちますからね」

柚木の話を上の空で聞きながら、誓は英里の顔を思い浮かべていた。童顔だが実際は優司より五歳年上で、勤め先のキャバクラでは肩にかかる茜色《あかねいろ》の髪をいつも綺麗に巻いていた。涙袋の目立つ目許と、厚めで少し大きめな唇。いかにも情の深そうな彼女は、自分と少しも似ているところがなかった。

あの二人は、別れてしまったのだ。

「別れたからって、彼はあなたのものにはなりませんよ。この街の女は、金になりますからね。しかし、後がまが見つかるまでの間、あなたにたかろうとする危険はある」

「そんなこと、期待してるわけじゃありません。それに、優司は俺に金をせびったことなんか一度もないんです。煙草代すら、出したことがないくらいで……」

「……今の話、英里が聞いたら、あなたを刺したくなるでしょうね」

容赦なく痛いところを突かれ、誓はぐっと言葉に詰まる。

意地の悪いセリフをとりなすように、柚木はいくぶん声音を和らげた。

「どうやら、おしゃべりが過ぎたようです。俺はもう帰りますが、店はどうしますか？」

「え……？」

「表の看板、ネオンを消したままでしょう。お陰で、さっきからドアの向こうで足音が何度も止まっていますよ。でもまぁ、誓さんがいなくなればどのみちここは閉店です。今更、気にすることもありませんがね」

鷹揚《おうよう》に話しながら、柚木は合皮のスツールからゆっくりと立ち上がる。桜羽の時はなんとも思わなかったが、まがい物の安っぽい艶《つや》は柚木にまったく似合っていなかった。

「ごちそうさまでした」

コートの内ポケットから財布を取り出した彼は、まるで見せつけるように十枚ごとに束ねた一万円札を五つカウンターの上に置く。誓が慌てて返そうとすると、「仕度金です」と澄まして言った。

「仕度金…」

誓はゴクリと唾《つば》を飲み込む。相手の、本気の度合いがわかったからだ。誓には質問一つ許さず、柚木は店から出ていった。

「どうして……」

残された誓は、ポツリと呟く。

英里と優司が別れた話。金を渡してまで、柚木が誓を街から出したがる理由。桜羽と母親は、果たして今の話を知っているのだろうか。あるいは、これは二人からの差し金で、柚木は単なる使いなのか。

「そんな風には……見えなかったよな……」

しばらくの間身じろぎもせず、誓は金の束を見つめ続けた。

自分が街から消えて悲しむ人間は誰だろうと考えてみたが、一人も浮かばないことに気づいたのは十分もたった頃だった。

「……バカだな、俺」

知らず、苦い笑みが零れてしまう。

優司も母親も誓を必要としているが、それは決して愛情からではない。彼らのは、単なる執着だ。誓は素直でおとなしく、泣いたり怒ったりして相手を困らせたりなど絶対にしない。とても扱いやすいが、少し面白味に欠けたオモチャなのだ。

とりあえず、金をしまってしまわなければ。誓は札束をレジへ放り込むと、どこにも行く当てなんかないのに……と絶望的な気分になった。優司の話す灯台があるという海沿いの街には行ってみたかったが、それだって一人では意味がない。

「行くとこなんか……ないんだよ…」

そう呟いた時、再びドアの開く気配がした。冷えた夜気が流れ込み、誓は反射的に顔を上げる。そうして、そのまま目を丸くした。

「……優司……」

「なんだよ、営業してんじゃねぇか」

寒そうに背中を丸めて入ってくる姿は、いかにも決まりが悪そうだ。少し間が空いてから顔を合わせる時、優司はいつもこんな風だった。わざと不機嫌そうな顔を作り、拗《す》ねた態度でつっかかってくる。放ったらかした罪悪感を、彼なりに持て余しているのだろう。

「やる気があんなら、ネオンくらいつけろよ。お陰で、行ったり来たりしちまったただろ」

「じゃあ、柚木さんの言ってた足音って、優司のことだったのか」

「ああ、さっき出てった銀行員みたいな奴だろう？　ナリはカタギでも、あいつ和泉《いずみ》会の人間なんだよな。確か英里の店が系列で……」

「優司、英里さんと別れたんだって？」

誓の一言に優司はムッと黙り込み、乱暴にスツールへ腰かける。彼が「ビール」と吐き捨てた瞬間、街から出るの出ないのといった話が誓の中でたちまち過去になった。

「どうするんだよ、これから。新しい彼女、見つかったの？　それとも働くのか？」

「うるせぇな。おまえに、関係ねぇだろ」

「そうだけど……」

ビールとグラスを用意すると、誓はカウンターを出て優司の隣へ腰を下ろす。何も自分が出ていかなくても、金づるが見つからなければ優司の方で他所《よそ》へ行く可能性もあったのだ。この街へだって、成り行きで流れてきたと前に話していたくらいなのだから。

優司はグラスを立て続けに二回空け、こちらを見ずに口を開いた。

「おまえ、あの男となんかあんのかよ」

「あの男って……柚木さん？」

「しらばっくれんな。あいつ、桜羽の側近なんだぜ。なんで、人でこんなとこ飲みに来てんだよ。おまえ、看板消してあいつとここで何してたか俺に言ってみろ」

「…………」

「……ほらみろ、言えねぇじゃねぇか」

呆れて言葉も出ない誓に、優司はフンと冷たい瞳を向ける。自分が女に振られたばかりなので、八つ当たりをしているに違いない。

どうせ何を言っても聞く耳を持たなさそうだったので、誓は仕方なく黙っていた。そんな態度に苛《いら》ついたのか、優司はいきなり手首を掴んでくる。そのまま強引に引き寄せられ、無理やり唇を塞《ふさ》がれた。

「ん……っ」

冷たく濡れた感触は、すぐに熱い溜め息に取って替わる。荒っぽい口づけを受けながら、誓はそっと優司の背中へ両手を回した。久しぶりに感じる温《ぬく》もりは、肌に馴染んだ恋しい男のものに間違いなかった。

積極的な反応に気を良くしたのか、シャツの裾《すそ》から無遠慮に右手が忍び込んでくる。脇腹辺りを撫でられて、舌を絡めたまま誓は短く喉を鳴らした。たった一週間離れていただけなのに、こんなにも優司に飢えている。こうして彼から求められている時だけは、自分の存在にも僅《わず》かな価値が生まれる気がした。

「優……司……優司……」

乱れた服が擦れ合い、その切なさに何度も名前を呼ぶ。情事の最中に呼ばれるのを、優司は特に喜んだ。だから殊更《ことさら》甘い発音でくり返し、貪《むさぼ》るように唇を重ねる。女の切れている優司と寝る機会など、そうあることではなかった。彼を独占していると思うだけで、余計に身体は熱くなる。

「優司……」

音にして散らすだけで、誓の胸は死ぬほど痛んだ。普段は押し殺している感情が、英里と別れたと聞いたせいか、自分でも戸惑うくらい騒がしくなるのがわかった。

救いようがないね、と母親の声がする。

クズみたいな男にたぶらかされて、なんのために苦労して育てたんだかわかりゃしない。

わかってる、と誓は溜め息をつく。

だから、なけなしの理性を総動員して、割り切った顔を作り続けているんじゃないか。金にもならない十六のガキに、優司が構うだけでも充分奇跡なんだから。

『ここで待ってろ。ケーキ買ってきてやる』

後にも先にも、優司が誓にくれたのはこの時のショートケーキだけだった。もうすぐ、次の誕生日がやってくる。せめて、それまでは彼に飽きられずに側《そば》にいたい。

「二階……行こうか…？」

微熱に潤んだ瞳で誘いをかけると、胸元をまさぐっていた指がふと止まった。

「……いいのかよ、店」

「どうせ、客なんか来ないんだ。母さん、桜羽のマンションに行ったきりだし」

「けっ。未成年一人で切り盛りしてるスナックか。つくづくふざけた街だよな」

「早く出ていけって、言われてるけどね」

誓にしてみれば、なんの気なしに言ったセリフだった。もともと、柚木の忠告を聞くつもりなど毛頭ない。ところが、優司はその言葉を聞くなり、いきなり誓の身体を突き放した。

「優……司……？」

「へぇ……それで読めたぜ」

「読めたって、何が……？」

「とぼけてんじゃねぇよ、柚木だよ。おまえ、母親に捨てられそうなもんだから、あの男に取り入ろうって腹なんだろう」

「何……言ってんだよ……」

「桜羽は、最近やたら羽振りがいいからな。おまえの母親もこんなショボい店なんかさっさとたたんで、遊んで暮らしたいだろうしさ。だから、出てけって言われてるんだろ？　そうなったら、今から身の振り方をあれこれ考えなきゃなんねぇもんなぁ」

心底軽蔑《けいべつ》したように、優司は唇を歪ませる。柚木が一人で出入りしている場面を見たことで、初めからろくな想像をしていなかったのだろう。だが、誤解された誓はいい迷惑だ。確かに誓は金も学歴もなく、一人で街に放り出されたらたちまち食うに困ってしまうだろう。

しかし、だからと言って即身売りを考えるほど短絡的な思考はしていない。

どうしてわからないんだろう、と誓は思う。

自分が誰とでも寝るタイプじゃないことくらい、優司が一番良く知っているはずだ。だからこそ、「他の奴と寝るな」という言葉を今まで守ってこられたのに。

「柚木さんは……そんなんじゃないよ……」

怒りに震える唇で、誓はそう言い返した。

「あの人は俺のことを心配して、それでわざわざ訪ねてくれたんだ。第一、あんなに大人でカッコいい人なんだよ？　俺なんか相手にしなくても、どんな美人だって選びたい放題に決まってるじゃないか」

「じゃあ、そういうおまえを相手にしてる俺は、なんなんだって話だよなぁ」

言葉の揚げ足を取って、優司の機嫌はますます悪くなる。

「おまえは、自分を知らないんだ」

「え？」

「俺が、どうして女と長続きしないと思ってるんだよ。全部、おまえのせいじゃねぇか」

「それ、どういう意味……」

意外な言葉を浴びせられ、誓の頭は混乱する。ずっと、優司の邪魔にならないよう心を砕いて付き合ってきたつもりだった。それなのに、どうして「おまえのせい」だなんて言われなくてはならないのだろう。

呆然《ぼうぜん》とする誓を尻目に、優司は険しい口調でまくしたてた。

「いいか、考えてもみろよ。自分の男に、男がひっついてるんだぜ。そんなの喜ぶ女が、どこの世界にいると思ってんだ」

「だって……でも、それは……」

「おまえのせいなんだよ」

もう一度、優司はくり返す。

「おまえ、俺が何したって逆らわねぇし、バカみたいに素直で、呼べば尻尾《しっぽ》振ってついてくるし。なんだってやらせて、そのくせしれっとしやがってさ。いくらこの街が狂ってたって、そんな人間がそうゴロゴロいるもんか」

「…………」

「おまえみたいな奴が、他にいないから。だから、俺はおまえを捨てられないんだ。男が好きなわけでもなんでもないのに、なんでか俺はおまえを捨てられない」

優司の顔が、辛そうに歪んだ。

文句を吐きながら、「助けてくれ」とでも言っているようだった。

「おまえのせいなんだよ、何もかも。どんな女と付き合っても、どうしても上手くいかなくなる。畜生、おまえさえいなければ……っ」

「俺がいなければ……英里さんと別れないで済んだって……そう言いたいのかよ……？」

無意識に、誓はそう訊き返していた。心の中で「おまえさえいなければ」という優司の声が、ひどく無機質に響き渡っていた。

「英里さんと別れたの……俺のせいなんだ？」

「……あいつがちょっとしつこかったからよ、ウンザリして言ったんだ。誓はそんな口きかねぇって。そうしたら、往来でいきなりバッグ振り回しやがって。あの女、今まで俺が誰と寝たって平気な顔してたくせに……」

「平気だったわけ、ないじゃないか！」

思わず、誓は叫んだ。英里が何故《なぜ》怒ったのか、どうして優司にはわからないんだろう。そう思ったら、もう言葉が止まらなかった。

「英里さん、ずっと我慢してたんだよ。優司と一緒にいたかったから。よっぽど俺が目障りだったろうに、我慢して大目にみてくれてたんじゃないかっ。優司だって、本当はそれくらいわかってるんだろう？」

「うるっせぇなぁ。デカい声出すなよ」

「出したって、優司には聞こえてないじゃないかっ！　なんで、俺と英里さんを比べたりするんだよ。どうして、俺が柚木さんと寝るなんて考えるんだよっ！　俺だって……」

「おい……」

「俺……だって……っ……」

俺だって、ずっと我慢してたのに。

うっかりそう言いかけて、誓は必死に唇を噛む。英里を庇《かば》っているようで、実際は自分の気持ちを優司へぶつけているだけだ。自分も彼女も、こんなどうしようもない男に恋してしまった同じ立場だから。でも、それを優司に悟られたら、情けなくてもう生きていけない。

今まで優司の全部を許してきたのは、こんな惨めな思いをするためなんかじゃない。

滅多に怒らない誓の激高ぶりに、優司はかなり面食らっている。彼がどんな勝手をしても、誓はいつも困ったような顔をするだけで受け入れてきた。それが、優司の知っている誓の全部だ。他の顔は、何も知らない。

まして、目の前で悔しそうに唇を噛んでいる少年など、優司は全然知らなかった。

「……面倒くせぇな」

ボソッと腹立ちまぎれに呟き、細い肩を抱き寄せようと右手を伸ばす。ところが、彼の予想を裏切って誓はそれを振り払った。

「触らせろよ」

頭に来て、優司は言った。

「俺が触りたい場所を、黙って触らせろ」

「嫌だよっ」

「なんだと――」

「確かに、俺はあんたのオモチャだよ。自分でも、それでいいと思ってた。でも、今は嫌だ。優司に触られるくらいなら、マジで柚木さんに抱かれた方がマシだ」

「………」

「あの人は、少なくとも俺を人間扱いしてくれる。俺が傷つけば、その理由を考えてくれるよ。優司になんか、何一つわかるもんか！」

言葉の最後に重なって、左頬《ひだりほお》が火のように熱くなった。殴られたのだ。鼓膜がキンと鳴って、頭の芯がぐらぐらと揺れた。

「……ふざけんなよ」

凍りつくような声音が、怒りの深さを表している。畜生、怒っているのはこっちなのに……と毒づきたかったが、誓は殴られた姿勢のまま身じろぎ一つできなかった。

「誰と寝ようが、好きにしろ。ヤクザの手垢《てあか》がついたオモチャなんか、願い下げだ」

「……まだ寝てない」

「さっきのセリフで、同じだよ。おまえの価値なんざ、言葉一つで簡単に下がるんだ」

「………」

「安心しろ。おまえなんか、金輪際《こんりんざい》誰が抱くか」

ひどい捨てゼリフと一緒に、蔑《さげす》んだ目付きが肌に突き刺さる。優司はさっさと背中を向けると、荒い足音を立てながら乱暴に店から出ていった。

「……いて……」

思い切り叩かれたので、頬がまだジンと痺れている。拳《こぶし》で殴られなかっただけマシか、と自分を慰めながら、誓は深々と重たい溜め息を吐き出した。

優司は自分勝手なろくでなしだが、一度も誓に手を上げたことはない。路地で無理やり強姦した時も、抵抗する誓を暴力で黙らせようとはしなかった。

「ヤクザの手垢って……別に、柚木さんとはなんでもないって言ってるじゃないか……」

売り言葉に買い言葉で引き合いに出してしまったが、柚木の性的指向など誓の知ったことではない。けれど、もうどうでもよかった。いずれにせよ、優司は自分を捨てたのだ。

『あの男とは、すぐに別れなさい。そうして、この街を出て行くんだ』

まるで預言者の言葉のように、柚木の声が脳裏にこだまする。

誓はぐるりと店内を見回すと、自分を長いこと縛りつけていた小さな空間に、今夜限りで別れを告げる決心を固めた。

優司を追いかけて外へ飛び出し、泣いて謝れば元に戻れるかもしれない。でも、もう限界だった。不思議なことに、昨日までできたはずの我慢が今日は無理になる時もあるのだ。そうして、一度「できない」と思ってしまうと、同じ状態には二度と耐えられなくなる。優司が次の女を見つけたら、自分は嫉妬《しっと》を抑えられないだろう。そうやって鬱陶《うっとう》しがられるくらいなら、今ここで消えてしまった方がいい。

だが、誓の決意は遅すぎた。

背後で静かにドアが開き、複数の人間が無言で入ってくる。最後の一人が後ろ手に扉を閉めた瞬間、誓に長い闇が訪れた。


店から出た後、優司は野良犬のように繁華街をうろつき回った。真冬の風が頬を切っても、寒さなど欠片《かけら》も感じない。怒りのために動悸は一向に収まる気配がなく、やり切れない思いだけがどんどん膨らんでいった。

「……ったく、なんだってんだよ」

どうにも黙っていることができず、つい独り言が口をついて出てしまう。通りすがりの女性に胡散臭《うさんくさ》げな視線を投げられ、腹立たしさに一層の拍車がかかった。

「何が柚木だ、何がヤクザだ、バカ野郎っ」

ネオンの海の真ん中で、街の住人が滅多なことを口走るものではない。

それくらいの賢さは身に付けているはずなのに、優司は無頓着《むとんちゃく》に往来へ毒を吐き散らし続けた。

「……あのエセエリート野郎、まんまと誓をたぶらかしやがって。和泉会は、好きもんの母親だけじゃ足らねぇのかよ。あんなガキを、一体どうしようってんだ……っ」

優司の頭の中では、誓はすっかり柚木の慰みものということになっている。自分がそうだからと言って他人が誓を欲しがるとは限らないのに、たった一言「柚木さんの方がマシだ」と聞いただけで血が上り、冷静な判断など下せなくなってしまっていた。

「クソ……っ……」

唐突な空しさに襲われて、アスファルトの中央で立ち止まる。凍えた夜気に、色とりどりのネオンが滲んで瞬《またた》いていた。この色彩に魅《み》せられて、優司はこの街へ流れてきたのだ。親が借金取りから逃げ回っていたため子どもの頃からあちこちを転々として暮らしてきたが、田舎の星空なんかよりよっぽど綺麗だと思っていた。

それなのに、たった一人の存在を切り捨てただけで、世間はずいぶんと味気なく映る。

こんな感覚は初めてだったので、自分の頭がどうかしたのではないかと優司はひどく動揺した。他人との別れなんて数え切れないほど経験しているのに、まるで生まれて初めて一人ぼっちになったような気持ちだった。

「なんなんだよ……畜生……」

捨てたのは、こっちなんだ。いらないと突き放して、振り返りもせずに出ていった。殴られた誓は顔すら上げず、泣いて追いかけてくるような真似もしなかった。

そう。いつだって、誓はそうだった。

逆らったのは、最初に無理やり抱いたあの時だけ。二度目からはぎこちなく身体を開くようになり、諦めの早い奴だな、と少なからず驚いた。

だが、誓は決して投げやりに抱かれていたわけではない。そんなことは、肌を重ねればすぐにわかった。それは、誓の『意思』だったのだ。優司を許し、受け入れる。決して煩わしいことはせず、子どもじみた我儘も言わない。誓が自分で決めた、優司とのルールだった。

多くの女が愛想を尽かし、恨みながら優司から離れていく。だが、誓の心は揺らぎもせず、ほんの一瞬たりとも彼を見捨てなかった。

「なのに……他の男を選ぶのかよ……」

そんなことは許せない、と優司は歯噛みする。あれは出会った瞬間から自分のもので、たとえどんな奴が相手だろうと、指一本さえ触れるなんて真似は許せない。

「誓……」

気がつけば、唇が勝手に呼んでいた。

その名前の持ち主とは、決して恋に落ちない自信があった。どんなに無茶な扱いをしようと、向こうも男なんだから傷つかないだろうと気楽に考えていた。唯一安心して抱ける、お気に入りのオモチャだったはずだ。

「誓……――」

それなのに、たった一年で誓はずいぶんと変わった。他の人間が手を出すかもしれないと、優司を苛立たせるほど危うい雰囲気を身に付けた。あの年頃の一年は、もしかしたら猫のように成長が早いんだろうか。

「いや、そうじゃねぇんだ……」

気まずく、視線を地面に落とす。

「あいつ、ガキなんかじゃなかったんだ。もともと、出会った時から大人だった……」

悔しいが、多分それが正解だろう。優司は、その事実を認めざるを得なかった。誓が扱いやすかったのは、何も知らないガキだったからではない。多分、実際の年よりもずっと早く大人になっていたからなのだ。

「畜生……っ……」

ポケットから煙草を取り出そうとして、指が震えていることにまた腹を立てた。

あの後、柚木が再び店へ戻ってきたらどうしよう？　頬を腫《は》らした誓を見て、優しく腕を伸ばしてきたら。

噂でしか知らないが、柚木は相当な切れ者のようだ。

桜羽が異例の早さでのし上がったのも、彼が側近だったからと言われている。晩婚だった桜羽は四十代半ばでヤミ金融会社の社長の妹を妻にしたが、それも潤沢な資金に目を付けた柚木がまとめた縁談だとささやかれた。弱冠三十にしてすでに幾つもの噂に取り巻かれ、真実の姿など誰も知らない。柚木とは、そういう男なのだ。

彼が誓を一度でも手に入れたら、きっと二度と取り戻すことは叶わない。

それだけが、確信を持って胸に迫った。

「……クソったれが……っ」

次の瞬間。

弾かれたように踵《きびす》を返し、優司は元来た道を駆け出した。どうしてこんなに気持ちが急くのか、自分でもよくわからない。けれど、走らずにはいられなかった。一分でも一秒でも早く、誓の元へ戻りたかった。

走りに走って、ちょうど店の看板が見える曲がり角まで来た時。

(……ん?)

優司の足が、ふとそこで止まった。

なんだか、夜が静かすぎる。不意に嫌な予感に襲われ、反射的に物陰へ身を潜めて前方の様子を窺《うかが》った。やがて遠目に店のドアが開き、数人の男が急ぎ足で出てくるのが見える。一見普通の客のようだが、中の何人かに見覚えがあった。いずれも、和泉会の人間だ。最後に出てきた男が柚木だとわかった途端、優司の目が鋭さを増した。

(あいつ……)

男たちは停めてあった黒塗りの車に分乗すると、あっという間に視界から消え去っていく。何事もなかったように夜が舞い戻り、闇の中で優司は苦い唾液を飲み込んだ。

「な……」

なんなんだよ、と呟こうとして、喉がカラカラに渇いているのに困惑する。誓は、中にいるのだろうか。一緒に出てきた気配はないから、きっと残って後片付けでもしているに違いない。それなら、何もこんなに緊張する必要はないんだと言い聞かせ、そろそろと冷えたアスファルトに一歩を踏み出した。

店の前まで来ると、看板のネオンが相変わらず消えている。優司は顔をしかめ、早く誓に注意してやらなきゃ、と考えた。

「おい、誓……？」

ドアは難なく開いたが、どうしたわけか室内は真っ暗だった。シンと静まり返った店内には、人の気配など微塵《みじん》も感じない。

「どういうことだよ……」

先刻の嫌な予感が再び蘇り、優司は一瞬だけ入るのをためらった。けれど、何が起きたのか自分の目で確かめないと、誓の身が心配だ。勇気を奮い起こして前へ進むと、足下で小さくガラスの砕ける音がした。

おかしいな、と優司は首をひねる。床にガラスを撒《ま》いたスナックなんて聞いたこともない。

少なくとも、自分がさっきいた時は、この店の床は薄汚れたカーペットだった。

「……誓、いるのかよ……」

もう一度、声をかけてみる。期待していたわけではなかったが、返事どころか物の動く気配すら返ってこなかった。

「………」

帰ろう、と反射的に思う。

ここはダメだ、絶対に良くない。何があったのか知らないが、誓なんか放ってさっさと逃げ出した方が身のためだ。関わり合いになるのは真っ平《まっぴら》ご免だし、このまま何も見なかったことにしてしまおう。

けれど、意思に反して指が壁のスイッチを探し当て、ためらう間もなく明かりがつけられる。オレンジの照明が天井で寝ぼけたように点滅し、やがて優司の眼前に信じられない光景を浮かび上がらせた。

「う……」

思わず、口許に手が上がる。

「う……そ……だろ……」

それきり、声が出なくなった。

狭い店内は見るも無惨に荒らされ、そこらじゅうに割れたボトルやグラスの破片が散乱していた。スツールやテーブルは引っ繰り返り、どれもが足を折られ、汚い粗大ゴミと化している。隅に飾られた安い造花の花束には赤黒い染みが飛び、悪趣味な空間の演出に一役買っていたし、電話器は乱暴に踏み壊されて電話線が引き千切られていた。

「………」

言葉もないまま視線をさ迷わせ、やがて転がったテーブルの向こう側に、不穏な固まりが放り出されているのに目を留める。

初め、それは人間には見えなかった。

泥と血で薄汚れている上に、胎児のように身体を丸めたままピクリとも動かなかったからだ。

「お……い……」

意を決して、恐る恐る声をかけてみる。

破れたシャツの隙間から見えるのは、本当に人の肌だろうか。赤黒く変色した嫌な色に、思わず吐き気がこみ上げてきた。あんなのが人間だと言うのなら、路上で寝転がっているホームレスの方がまだ健康的だ。横たわった身体から伸びる左腕は明らかに不自然な方向へ曲がり、小さな血溜《ちだま》りに浸かった髪は作り物のように固まり始めていた。

「……う……」

凄惨《せいざん》を極める『固まり』から、微かな声が漏れ聞こえる。その瞬間、優司はハッと我を取り戻した。

「――誓！」

駆け寄って傍らに膝をついたものの、うつ伏せに転がされたその身体の、どこから触れていいのかわからない。だから、ひたすら声をかけ続けるしかなかった。

「誓！　おい、誓っ！」

それを誓だと信じるには、あまりに状態がひどすぎる。だが、意を決して顔を覗き込んでみると、幸いなことに人相が大きく変わるほど痛めつけられてはいなかった。ただし顔から下は相当ひどくやられたようで、優司の呼びかけにも誓はまつ毛すら動かさない。もう死んでしまったのか、と一瞬ヒヤッとしたが、唇に手のひらをかざしてみると、ほんの僅かだが息をしているのが感じ取れた。

「しっかりしろっ、誓！」

それでも、このまま放っておけば確実に死ぬだろう。優司は必死でパニックと戦いながら、震える手で携帯電話をポケットから取り出す。救急車を呼ぶ番号かなかなか思い出せず、焦りが更に指を震えさせた。

「おい、誓！　聞こえるか、おい！」

「…………」

「誓っ、俺がわかるかっ？　誓！」

先ほどの短い呻《うめ》き声を最後に、何度呼びかけても誓からは何も返ってこない。それでも、優司は声をかけ続けた。せめて、自分がすぐ側にいることだけでも彼に伝えたかった。

先刻店から出てきた和泉会の男たちに、誓が集団リンチを受けたのは明白だった。そしておそらく彼らを指揮していたのは柚木なのだろう。優司は己の思い違いを激しく後悔し、つまらない嫉妬から誓を置いてきてしまった自分を強く責めた。

「……誓、頼む……返事してくれ……」

誓の身体は動かない。浅かった呼吸さえ、手のひらにはもう感じ取れない。

「誓……」

絶望と戦いながら、何度も名前をくり返す。こんな形で誓を失うなんて、想像もしていなかった。全身から力が抜けていき、頭の芯がボンヤリとしてくる。遠くでサイレンの音が聞こえてきたが、立ち上がる気力すら残っていなかった。

ここは、一体どこだろう。

うっすらと瞳を開いた誓は、ボンヤリとそれを考える。

視界が白い布で半分遮られ、あまりよく見えないのが一層不安感を煽《あお》った。

「あ、気がついた？　大丈夫よ、ここ病院だから。今、看護師さん呼んであげるわね」

聞き覚えのある声がして、誓は更に混乱する。誰だっけ……と考えていると、目の前に自分を見下ろす英里の顔が迫ってきた。

「え……りさ……ん……？」

「誓くん、大変だったわね。でも、とりあえず生命に別状はないって。左手は骨折してるけど、幸い内臓には大きな傷がついてなかったんだって。まぁ、しばらくは流動食しか食べられないって話だけど、そんな状態じゃまだ食欲もないでしょ？」

「……あ……の……」

少し唇を動かしただけで、口の中がズキズキと痛む。おまけに、首がひどく痛かった。誓は顔をしかめ、懸命にしゃべろうと努力したが、英里は笑顔でそれを遮った。

「いいから、まだしゃべんない方がいいよ。どっちにしろ、後で嫌でもあれこれ訊《き》かれるようになるんだから。ここの医者がさぁ、運ばれた誓くんの姿を見て、ただの事故じゃないってんで警察に通報しちゃったのよね」

「通……報……」

「あたしたちもなんだかんだ詮索《せんさく》されたけどさ、適当に知らん顔で通しておいたから」

あたしたち、という言葉に、誓は少し不思議な気持ちになる。察しのいい英里は明るく含み笑いをすると、「あたしと……あの男よ」と言いながら振り返った。彼女が身体をずらした向こう側に、まだ人がいたのだ。

ただし、『あの男』は少しもこちらを見ていなかった。腕組みをしてパイプ椅子《いす》に座ったまま、うたた寝をしていたからだ。俯《うつむ》き加減の顔はベッドからはわかりづらかったが、それでも誓には彼が誰だかすぐにわかった。

「ゆう……じ……」

一瞬、これは都合のいい錯覚かもしれない、と思う。だが、紛れもなく視界に入ってきたのは大沢優司に間違いなかった。

「ど……して……」

自分を捨てて、店を出ていった男。あれから何日過ぎているのか知らないが、優司は最後に別れた時と同じ服装のままだった。おまけにシャツやパンツの所々に、血のような染みまでつけている。スタイルの良さをいいことに普段からさほど服に金を注ぎ込むタイプではなかったが、ここまで身なりに構わない彼を見たのは初めてだった。

「こいつ、あんたを店で見つけて救急車に同乗したのはいいんだけどさ」

驚く誓に、英里が肩をすくめて説明する。

「ほら、あたしが部屋を追い出しちゃったでしょう？　行くところがないもんで、それから三日間ずっと病室に居座ってんのよ」

「三日……」

「誓くん、それだけ寝てたのよ。時々うっすらと目を開けたりしてたんだけど、こっちが声をかけてもコトンとまた寝ちゃって。でも、無理ないわよねぇ。なにしろ、本当にひどい目に合わされたんだから」

「………」

その時の様子を思い出したのか、英里はたちまち渋い顔になる。確かに複数の男たちから暴力を受け、まるでゴミのような扱いを受けたが、途中からの記憶がほとんどなかったので、誓にはまるで他人の話を聞いているような感覚しかなかった。

「優司の奴、どうせ帰るとこないんだって言い張ってさ。ここ個室でしょ？　ちょうどいいやとかうそぶいちゃって、完全看護ですって病院の人が迷惑がってんのに、ずっといるのよ」

「そ……か……」

「でも、そんなのは口実」

英里は小さく溜め息を漏らし、優しく悲しく微笑んだ。

「わかってんのよ、あたし。優司、本当は誓くんの側を片時も離れたくないんだって」

「まさ……か」

「ううん、本当。それくらい、あんたを見つけた時のショックが大きかったみたいなの。病院からあたしに電話してきた時、まるで子どもみたいに言うのよ。お願いだから、助けてくれって。それこそ……何度も……何度も」

お願いだから、助けてくれ。

そのセリフを口にした時、英里は気持ちよさそうに目を細めた。聞いていた誓はすぐには信じられない思いだったが、真実だという証拠に彼女は勝ち誇ったような声を出す。

「あたしね、あいつにお願いなんてされたの初めてだったのよ。でも、正直腹も立つわよね。今までさんざん勝手しといて、自分じゃ怪我人の面倒をどう看《み》ていいのかわからない、頼むから手伝ってくれって言うんだもの。ムシがいいったら、ありゃしないわ。おまけに、せっかく用意してあげたのに、自分の着替えすらしやしない」

「………」

「まぁ、誓くんとは……おかしな因縁の仲だしさ。あたしも昼間はヒマだから……」

英里のおしゃべりはまだまだ続きそうだったが、ナースコールで呼んだ看護師が入ってきたためそこまでとなる。看護師は誓の意識が回復したのを確認すると、すぐに担当の医者へ連絡を取った。病室はたちまち慌ただしい雰囲気になり、複数の人間が出たり入ったりをくり返す。その喧噪に、優司もようやく目を覚ましたようだ。英里と話す彼の声は誓にも届いていたが、周囲を病院の人間に取り囲まれてしまったので、残念ながら姿は見えなかった。

「はい、水野さん。ちょっと失礼します」

怪我の状態を調べるため、手際よく看護師が布団をめくり、別の一人がパジャマの前ボタンに手をかける。傍らでは医者の指示が矢継ぎ早に飛び、それに合わせて器具がカチャカチャと音をたてた。初めは面食らっていた誓も、治療さえ済めば優司の顔が見られるんだ、と自分を落ち着かせようとする。

だが、複数の目が一斉に自分を見下ろした瞬間、何かが誓の中で凍りついた。

「水野さん……？　あら、水野さん？」

誓の身体が、ガタガタと小刻みに震え出す。異変に気づいた看護師が慌てて声をかけたが、耳には何も届いていなかった。全身に冷や汗をかきながら、なんとかここから逃げなくては、と誓は必死でもがき続ける。だが、怪我だらけの状態でそんな真似が叶うはずもなく、無茶な動きにたちまち全身に激痛が走った。動けない、と悟ると同時に恐怖のあまり息が詰まる。黒い影が視界を何度も横切り、その度に同じセリフが頭にガンガン響き渡った。

「知らない……俺は……ほんとに……知らな……」

「水野さん！　大丈夫ですか、水野さん！」

「どうした、誓っ！」

緊迫した空気に、優司が看護師を押し退《の》けて駆け寄ってくる。誓はその手にすがりたかったが、医者たちに身体を押さえ込まれていて出来なかった。自由を奪われたことで倍増した恐怖が、心をバラバラに引き千切っていく。いつ果てるとも知れない痛みと闇が、再び誓を飲み込んだ。

「た……」

助けて、と声にする寸前、注射の針が腕にちくりと刺さる。誓の瞳からポロポロと涙が零れ落ち、それから何もわからなくなった。

誓に暴力を振るった人物は、全部で五名。事件の翌日に出頭してきた彼らは、酔った勢いで誓と店で喧嘩《けんか》になった、と供述したらしい。警察は事実確認をしにきたが、ベッドで彼らの顔写真を見せられた誓は、黙って頷《うなず》くしかなかった。どのみち、余計な話をしたところで警察が動くとも思えない。その五名が自分を痛めつけたのは事実だったし、こういうイザコザはこの街では日常茶飯事なのだ。

だが、刑事たちが帰った後で英里はプリプリと怒りながら言った。

「なんだか、ふざけた話よねぇ。ただの喧嘩で、ヤクザが十六の男の子をここまで念入りにいたぶるわけないじゃないの」

「英里さん……」

「だって、悔しいわよ。誓くん、死ぬ思いしたっていうのにさ。そいつらの一人が、ここの入院費を全額負担するって話も、なんだか胡散臭いじゃないの」

「でも、お陰で助かったし……。そうでなきゃ、こんな個室にとてもいられないよ」

「賠償請求したっていいのよ、あんたは」

英里はそう言うが、彼女の勤めるキャバクラはその五名が所属している和泉会の経営だ。なるべく、内情に首は突っ込まない方がいい。そんな誓の心配が顔に出たのか、英里はふっと表情を和らげた。

「いいのよ、誓くん。実は、あたし田舎に帰ろうかと思ってんのよ。あんたが入院して一週間、そろそろ優司だけでもちゃんと世話はできそうだしさ」

「田舎って……どうして……?」

「いい男探すの、疲れちゃったんだもん。真面目だけが取り柄のお人好《ひとよ》しな男を騙《だま》くらかして、さっさと結婚しちゃおうかなと思って」

それから、彼女は悪戯《いたずら》っぽい顔つきでベッドへ身を乗り出した。

「今度は、間違っても優司みたいなクズは相手にしないわ。あいつ、お巡りが苦手なもんだから、屋上で煙草吸ってくる、だって。きっと、しょっちゅう補導されてるクソガキだったのよ」

「うん、それはあるかもしれないね」

大して可笑《おか》しくもないのに、誓は微笑んで同意する。その様子を見た英里は、悼《いた》ましそうに表情を曇らせた。

「……警察は知らん顔を決め込んでるけど、あんたがリンチされたのって、やっぱりお母さんと桜羽さんのせいだよね？」

「…………」

「あたしも、それとなく店で聞き耳立ててるんだけど……まだ見つからないみたいね。まったく、どこに逃げちゃったんだろう。柚木が追い込みかけてて、そう逃げ切れるとも思えないんだけど」

「そっか……柚木さんが……」

店に乗り込んできた男の内、一人だけ誓に手を出さなかった者がいる。柚木だ。彼は殴られ、蹴《け》られている誓を無表情のまま見下ろし、最後までほとんど言葉を発しなかった。

「だけど、誓くんがこんな目に合ってるの、季里子さん知らないのかなぁ。大体、組の金を使い込んだ男と逃げたりしたら、残された息子がどうなるか想像つくもんじゃない？　普通なら、何か言ってきたってさぁ……」

「ダメだよ。そんなことしたら、和泉会に捕まっちゃうじゃないか。そしたら、タダじゃ済まないよ。俺はリンチだけで済んだけど、母さんと桜羽さんはきっと殺される」

「誓くん……」

「でも、そんなの捨てられた子どもが心配することでもないのかな」

「…………」

瞳になんの感情も浮かべず、淡々とした口調でそんな風に話す。もともとおとなしい方ではあったが、それまでの誓は決して無表情ではなかった。むしろその逆で、言葉よりも雄弁なその目が、普通の十六歳とは異なった独特の雰囲気を作っていたとも言える。

けれど、今の誓には平坦な沈黙があるだけだ。言葉を操ってはいても、感情の揺らぎはほとんど見られない。心の一番大事な部分は、まだ長い眠りについたままだった。

「警察の奴ら、帰ったのかよ」

重苦しい空気を蹴散らすように、突然ふて腐れた声音が割り込んできた。優司が片手にコンビニの袋を下げて、ズカズカと病室に入ってくる。英里はちらりと彼と目線を交わし、仕事だからと言って出ていった。

「優司、屋上にいたんじゃなかったの？」

「あんなジジイやババアがウロウロしてるところ、辛気臭くていられるか。……ほら」

「え？」

「プリンだよ。誓、昨日食いたいって言ってただろ。だから、買ってきた」

彼がガサゴソと袋から取り出したのは、テレビなどで昔からＣＭしている安いプリンだ。その愛らしいデザインのカップを優司が持っていると、どうにも違和感は拭《ぬぐ》えない。一体どんな顔をしてレジに出したんだろうと、誓は思わず想像してみた。

「何、ニヤけてんだよ」

「ご……ごめん、ありがとう。でも……」

「……やっぱダメかよ」

「うん……ごめん……」

笑みは浮かべていても、誓の答えはいつもと同じだ。優司は溜め息をつき、疲れたように傍らのパイプ椅子に腰を下ろした。

「……ったく、なんで食えねぇんだ。医者は、もう普通食で大丈夫っつってんのによ」

「なんか、味がわかんなくて」

「だからって、一生ブドウ糖打ってるわけにはいかねぇだろ。畜生、なんだったら食えるんだ？　どういう味なら、わかるんだ？」

「ごめん……」

「……別に、俺はいいけどよ」

そう言いながら、優司はゴミ箱へポイと手付かずのプリンを投げ捨てる。流動食から普通食へ食事が切り替わってから、二人は毎日似たような会話をくり返していた。

医者は原因がわからない、と言う。だが、間違いなく誓の舌は狂ってしまったようだ。何を食べても味がせず、ひどい時には吐き気すら覚える。ちゃんとお腹《なか》は空《す》くし食欲もあるのに、いざ食べ物が目の前に揃《そろ》うとダメなのだ。まるでゴムでも食べているようで、頭では「甘い」「辛い」と認識するのに、感覚がそれに追いつかない。

「おまえ、目もおかしいって言ってたな」

「う……うん……」

「それも、まだ治んないのか？」

「……まだ……」

「そっか」

「お医者さんが、今度心療内科の診察を受けてみろって。多分、心因的なものだろうからって」

「治るんなら、なんでもいいさ」

優司が、返事とともにそっと指を伸ばしてきた。反射的に身構えると、指先が乱れた前髪に注意深く触れてくる。少しずつ息を吐き出しながら、誓はゆっくりと緊張を解いていった。

「――我慢すんなよ」

間近から顔を覗き込み、優司が少し苛立ったように言う。誓は慌てて首を振ったが、それ以上近づかれたらおとなしくしていられる自信はなかった。

自分の五感は、あちこち壊れている。

誓がそれに気がついたのは、意識を取り戻してすぐのことだった。味がわからないのも視界がモノトーンに感じられるのも、実際の傷害がもたらしたものではない。ちゃんと脳では理解しているのに、感覚として迫ってこないのだ。

ところが、他人に触れられる行為はその逆で、ほんの僅かな接触にも異常なほど過敏になってしまう。お陰で治療の度にかなりの苦痛を強いられていたが、なんとか我慢してやり過ごしていた。優司があまり不必要に触れないのは、誓が「我慢」することを彼がよしとしないからだ。

「我慢しなくていいんだ」

もう一度くり返した時には、優司は穏やかな声音になっていた。誓や英里が驚くほど、彼は忍耐強くなっている。医者や看護師に突っ掛かるのも、今では三回に一回くらいに減っていた。

「また、食いたいもんを思いついたら遠慮しないで言えよな。買ってくっからさ」

「うん、ありがとう……あの……」

「なんだよ？」

「……英里さん、田舎に帰るって。優司、このままでいいのかよ。彼女とは……」

「俺に、あいつとヨリを戻せって言いたいのか？」

「…………」

さすがに、そこまで自分は善人にはなれない。誓が唇を噛んで俯くと、優司はやれやれとベッドに頬杖《ほおづえ》をついた。

「俺、おまえとヤリたいんだ」

「え……」

「もちろん、怪我が治ってからだけどさ。なんだか、おかしいだろ。俺も、自分がどうかしたんじゃないかって思ってる。でも、本当なんだ。英里とか他の女とかじゃなくて、おまえを抱きたいんだ」

「優司……」

「いいぜ、笑っても」

そう言う彼の方が、先に笑っている。誓はゆっくりと胸で今のセリフを反芻《はんすう》し、静かな感動を身体の隅々にまで行き渡らせた。

「でも、今のまんまじゃ当分無理そうだな」

いかにも残念そうに付け加え、優司は先ほど誓の前髪に触れた指先をジッと見つめる。

「でもまぁ、しょうがねぇか。今まで、けっこう無茶してきたからな。少しは、俺も我慢してやるよ。だから、早く治せよ」

「うん……」

誓は、小さく頷いた。

助かってよかった、と初めて心の底から思った。

「じゃあ行くわね。少し心配だけど、どうやら和泉会も誓くんが何も知らないってわかったみたいだし。あれから二週間が過ぎたけど、何も言ってこないんでしょ？」

小さなボストンバッグを持ち上げ、普段より控えめなメイクの英里が言った。

誓は微笑んで、「うん、大丈夫だよ」と答える。

「それなら、よかったわ。なんだか、優司も妙に甲斐甲斐《かいがい》しいしさ。あたしも安心して、田舎に帰れるってもんよ」

「あの……英里さん……」

「なぁに？」

電車の時間が迫っているのか、英里はちらりと腕時計に視線を落とす。あまりぐずぐずしてはいられないのかもしれない。誓は一瞬ためらった後で、思い切って口を開いた。

「いろいろ……ごめん……なさい……」

「誓くん？」

「優司のこと、本当にごめんなさい」

「…………」

ずっと彼女に言いたくて、今まで一度も言えなかったセリフだ。英里は驚いたように目を見開いたが、すぐに「バカねぇ」とほがらかに笑ってくれた。

病院の外まで送ると優司が言い、英里は明るく手を振って病室を後にする。二人の姿が見えなくなり、誓は上げていた右手をそっとベッドの上に降ろした。

「英里さん、ありがとう……」

謝ったからって、許される問題じゃないけれど。でも、少なくとも英里が笑ってくれたことで、誓の胸は少しだけ温かくなった。ムシのいい話だが、怪我が治って退院できる日がきたら、優司と一緒に暮らせるかもしれない、とさえ思う。

もしこのまま母親が戻ってこなかったら、あの店をたたんでまともな仕事を探そう。その時、優司さえ側にいてくれたら、きっと自分は頑張れる。

『おまえを抱きたいんだ』

優司は、そう言ってくれた。お気に入りのオモチャではなく、誓という人間を認めた上ではっきりとそう言ったのだ。どういう気まぐれからかはわからなかったけれど、誓はとても幸福だった。

「……誓さん。お加減はいかがですか？」

涼やかな声が、唐突に誓の物思いを破る。ハッとして顔を上げた先に、柚木の姿があった。彼は開かれたドアの近くに立ち、肩からコートを羽織っている。久しぶりに見る容貌は、相変わらず怜悧《れいり》な刃物のようだった。

「柚木……さん……」

「いろいろ忙しかったもので、お見舞にも来られず申し訳ありませんでした」

「…………」

「あなたをこんな目に合わせたお詫《わ》びと言ってはなんですが、こちらの入院費やその他の経費は一切もたせていただいています。それから、先日俺が渡した仕度金を改めて用意してきました。必要なものがあったら、これで買い揃えてください」

話しながら柚木は静かに近づき、ベッドサイドの棚へ白い封筒を置く。怪我の分だろうか、前回渡された額よりも明らかに厚みが増していた。誓は瞳を曇らせ、何か言おうと口を開きかける。だが、それを遮るように柚木が再び話を始めた。

「俺は言いましたよね。できれば、この街から早く出ていくようにと。だが、そんなことはもう今更だ。今日ここへお伺いしたのは、季里子さんと桜羽の行方がわかったからです」

「え……」

母親たちの行方がわかった、と聞いて誓は一瞬瞳を見開く。だが、すぐに何かを諦めたように、冷ややかな眼差《まなざ》しを柚木へ向けた。

一つ息を吐き、誓は言った。

「あなたが、桜羽さんをハメたんですね」

「…………」

「わざと彼が横領しやすいようなお膳立《ぜんだ》てをして、母さんにも金を使うようけしかけた。全《すべ》ては桜羽さんを消す口実を作り、自分がのしあがるために……そうなんでしょう？」

「それは、ずいぶん大きな賭《か》けですね」

薄く笑って呟くと、柚木は平然とこちらを見返す。

コートの下に隠れていた左手が、そろりと外へ出てきた。

「桜羽は俺の兄貴分だ。不始末を起こせば、こちらにも火の粉《こ》がかかります。よほど上手く立ち回らないことには、逆に自分の首を絞めかねない」

「でも、柚木さんは知ってたんだ。あの日、二人が逃げるって。だから、俺を巻き添えにしないよう、あんなに出ていけって勧めたんじゃないんですか。でも、俺は結局店に残っていた。だから、何も知らないと承知の上で、あなたは俺を痛めつけるしかなかったんだ」

「…………」

「俺、うっすらと記憶があります。柚木さんは、黙って俺のことを見てた。ほんの一瞬、俺を哀れむような顔をしたけど、あれは……」

「俺は、自分を哀れんでいたんです」

柚木は左手でゆっくりと顎《あご》を撫で、誓の目の前で大きく手のひらを開いて見せた。

「小指が……」

「この線が見えますか。今日び、指の足らないヤクザなどいない。そう人は言いますが、まだまだ義理だ仁義だとうるさい老人たちはいくらでもいる。桜羽が出奔した直後、俺は会長たちに呼び出されて、彼らの前で指を詰めようとしました。それを、幹部の一人が止めたん

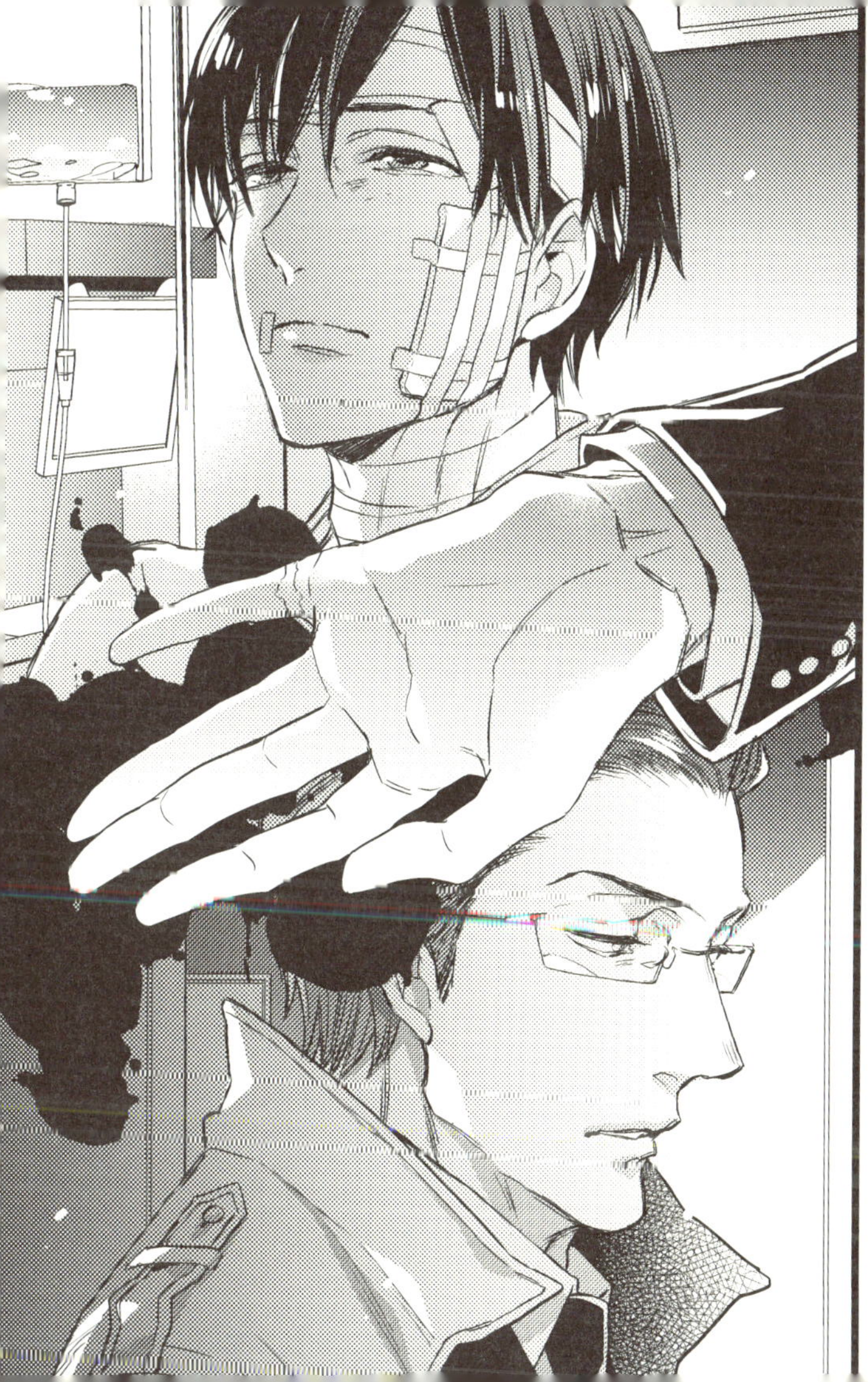

です。俺には、まだ堅気《かたぎ》の身体でいてもらわないと困ると言ってね。その時の傷です」

「わかって……たんですね……」

「何をでしょう」

「全部ですよ。幹部の人が止めることも、桜羽さんより自分の方が重宝がられることも」

「ええ。ちょっと、試されただけですよ。俺は、どっちでも良かったんですがね。桜羽のシマが指一本で手に入るなら、ずいぶん安い買い物です。あそこは、動かし方次第で莫大な金を生みますから」

さらりと事もなげに言い切って、柚木は再び左手をコートの下に戻す。それから、青白い顔のまま黙りこくる誓に向かって、場違いなほど優しい声を出した。

「……誓さん」

「はい」

「桜羽と季里子さんは、先ほど横浜で見つかりました。香港へ渡る船に乗る寸前で捕まって、お気の毒ですが……二人とも」

「…………」

死んだのか、とボンヤリ考える。

もう戻ってはこないと思ってはいたが、これで完全に自分は天涯孤独の身の上になったわけだ。誓はぽっかり空いた胸の隙間を押さえると、柚木から目を逸《そ》らさずに小さく頷いた。

「……わかりました」

「あなたは、俺に復讐《ふくしゅう》するでしょうか」

「復讐……？」

「母親の敵ということになります」

まるでゲームでも楽しむような調子で、柚木は優雅に尋ねてくる。誓は瞬時に瞳の力を取り戻し、はっきりと首を横へ振った。

「くだらないこと、訊かないでください。あんたも桜羽もクズだ。クズに命を張る価値なんか、あるもんか。俺は、あんたたちを軽蔑するよ。復讐なんかしない。でも、生きて軽蔑し続けてやる」

「同じクズでも……あの男ならいいんですか」

「優司は、クズなんかじゃない。俺には、世界の誰よりも価値がある相手なんだ」

誓がきっぱりと断言したので、さすがに柚木も鼻白んだようだ。だが、彼は微笑を欠片も崩さず、「けっこう」と呟いた。

「もう、これでお会いすることもないでしょう。でもね、誓さん。俺があなたを逃がそうとした気持ちは、俺にとっても計算外でしたよ」

「え……」

「教師志望だった話、実は本当なんです」

「柚木さん……」

なんと答えたらいいのか誓が迷っている間に、柚木は素早くベッドから離れていく。そうして、一度も振り返らずにそのまま病室から出て行ってしまった。


英里を見送った後、病院へ戻ろうとした優司はエントランスでふと足を止めた。

「柚木……」

供もつけずにたった一人で、柚木が足早に外へ出てくる。だが、不躾《ぶしつけ》な視線に気づいたのか、向こうもふと顔を上げてこちらを見た。まともに目が合った二人は、しばし無言で互いを睨みつける。やがて、先に柚木が動きだし、真《ま》っ直《す》ぐに優司の目の前までやってきた。

「今、誓さんを見舞ってきたんです」

「てめぇ、よくもヌケヌケと……」

涼しい顔で話す柚木に、優司は怒りではらわたが煮えくり返りそうになる。あの夜、店から出てきた男の中に柚木がいたのを、優司はちゃんと見ているのだ。誓をあそこまで痛めつけた本人が、どの面《つら》下げて会いに来たと言うのだろう。

「ここは病院です。暴力はいけませんね」

「ふざけんなっ！　てめぇ……てめぇらのせいで、誓はなぁ……誓は……っ」

「知っていますよ。気の毒に、左目の目尻に傷が残っている。あれは、消えそうにもありませんね。おまけに過度の暴力と恐怖による心因性から味覚障害、感知視覚障害、それに接触恐怖症を発症したとか」

「てめえ……！」

「俺を殴っても構いませんが、後で厄介なことになりますよ。それより、あなたに訊きたいことがあったんです」

小バカにしたように優司の拳へ視線を流し、柚木は顔色一つ変えずに尋ねた。

「はっきり言えば、今の誓さんはあなたにはお荷物です。寝ることでずっとあなたを繋ぎとめてきたのに、それがままならないんですから。怪我は治っても、接触恐怖症ではセックスなんて無理に決まってます」

「………」

「どうします？　彼と寝られないとわかっても、ずっと愛していけますか？　もっとも、あなたにそういう感情があればの話ですが」

「なんだと……」

「返答次第では、彼の面倒は俺がみましょう。もちろん、おかしな意味ではありません。そう……あなたといるより、よほど健全な生活が送れるかもしれない」

「ヤクザが、何寝ぼけたこと言ってんだっ！」

「ヒモとヤクザ、ろくでなしという点では、似たようなものです」

「あいつ……あいつを愛していけるかだと……」

思いもかけない質問を浴びせられ、優司の頭はぐるぐると回っている。もし、誓がこのまま治らなかったら、確かにセックスなんて不可能だろう。今でさえ、髪に触れるのも恐る恐るの状態なのだ。

「冗談……だろ……」

もしも、このままずっと誓を抱けなかったら。

それは、あえて二人とも考えないようにしてきた問題だった。優司にとって、もはや誓は身体だけの存在ではない。けれど、触れることの叶わない相手を、ずっと先まで愛していけるかどうかは正直言ってわからない。

「自信がないようですね？」

柚木が、探るように目を光らせた。

彼が感情を露《あらわ》にするところを、優司は初めて目《ま》の当りにする。

だが、それが心を決めさせた。

「自信なんかねぇよ……ねぇけど……」

握った拳が、わなわなと震え出す。怒りではなく、怖《おそ》れからだった。誓を失うかもしれないと、あの夜に味わった恐怖が蘇ってきた。

「それでも、俺は誓を離さない。あいつが俺といたいって言う限り、俺は……」

「………」

「俺たちは、一緒にいるんだよ！」

言うが早いか、優司の右拳が柚木の左頬へぶち当たった。意外なほどまともにパンチを受け、柚木は僅かに体勢をよろめかせる。優司は息を荒げながら、更に声を張り上げた。

「いいかっ。誓に触っていいのは俺だけだ！　あいつは俺のもんなんだ！　わかったら、二度と誓に近寄るな！」

柚木は、何も答えなかった。けっこう重い拳だったにも拘《かか》わらず、その表情から察するにさほどのダメージは受けていないようだ。彼は冷静に眼鏡を人差し指で押し上げ、乱れた着衣を一瞬で直すと、不敵に優司へ笑いかけた。

「二度目は、ありませんよ」

「なんだと……っ」

「ヤクザは面子《メンツ》が命なんです」

そう言うと、柚木は今にも二発目を繰り出しそうな優司を残して悠然と歩き出した。

それから数日が過ぎ、誓の十七回目の誕生日がやってきた。

病院暮らしも慣れてきて、ギプスで覆われた左腕を別とすれば、大概のことは誓も自分でできるようになっている。お陰で、あまりやることのなくなった優司はこの時とばかりに、やたらと張り切って誕生日を祝おうと燃えていた。

「ほらよ、誓。今年のケーキは、コンビニとはひと味違うぜ。なんてったって、まともな店で買ったんだからよ。しかも、見てみろ。一個丸ごとだぜ、丸ごと」

「……ありがとう」

イチゴのケーキが入った白い箱を見つめて、ベッドの中で誓が笑う。優司は照れ臭そうにパイプ椅子へ腰を下ろすと、柄にもなく殊勝な様子で「おめでとう」と呟いた。去年、安物の薬で半分トリップしながら言った「おめでとう」とは、響きからして雲泥の差だ。恐らく本人もそう思っているのか、少しだけ決まりが悪そうだった。

「無理して食わなくてもいいけどよ、マジで全然ダメか？　生クリームだけでも？」

「うん……ちょっと待って」

不安そうに尋ねられ、誓は丁寧に開いた箱を覗き込んでみる。微かな甘い香りと、鮮やかなイチゴの赤が目に染みるようだった。

「美味《おい》しそうだね」

本心からそうは言ったものの、やはりすぐに目を逸らしてしまう。目敏《めざと》くそれに気づいた優司は、がっかりしたように深々とベッドの端に顔を埋《うず》めた。

「あ～、畜生。またダメかよ……」

「ごめん、優司。でも、本当に嬉《うれ》しいよ。俺、次の誕生日まで優司と一緒だとは思ってなかったんだ。だから、こうして祝ってもらえただけでも怪我した甲斐はあったよ」

「バカ言ってんじゃねぇよ」

ガバッと顔を上げて、優司は反論する。

「あんなひどい目に合って、甲斐も何もあるもんか。おまえ、あれから自分が何キロ痩《や》せたかわかってんのか？　ただでさえ細いのに。そんな奴を抱く気になれるかよ」

「優司……」

「あ、いや、だってさ……その……約束だろ」

弾みとはいえ、まずいことを言っちまったな。

そんな言葉が聞こえてきそうな顔で、優司は慌てて先を続けた。

「ほら、こないだも言っただろ。自分でも信じらんねぇけど、俺はおまえが入院してからずっと禁欲生活を送ってるんだ。だから、その……そうだよ、いずれその責任は取ってもらうからってことで。覚悟しとけよ」

「でも……」

「あのなぁ。誰も、今すぐ押し倒すとは言ってないだろうが。俺だって少しは考えて……」

「…………」

「いや、今はそんなことより金なんだよな、金。そろそろ、底をついてきたからさ。明日にでもなんかいいバイト探さないと、マジでやばいんだよ。だから……って……なんなんだよ、ダセェな。何言ってんだ、俺さっきから」

「――いいよ、優司」

ごまかそうとして収拾のつかなくなった優司を見つめ、誓は思いつめた顔で言った。

「俺、きっと大丈夫だから。だから……」

「誓……」

「大丈夫だよ。優司《いと》となら……きっと」

ケーキの箱を愛しげに見つめて、誓は無理やり笑顔を作ろうとする。話している間からすでに心臓は不穏に波立っていたが、気取《けど》られまいと必死だった。

ここで彼と気まずくなったら、今度こそ捨てられるかもしれない。その方が、他人に触れられることよりもよっぽど怖かった。

「いい……のかよ……キスしても」

「うん」

「本当に、大丈夫なのか？　嫌だったら、無理すんなよ。俺はただ……」

「いいから」

生真面目《きまじめ》に何度も確認してくる優司に、焦《じ》れたように誓が答える。やがて本気だと悟ったのか、ようやく優司が指を伸ばしてきた。

俄《にわ》か仕込みの紳士のように、ぎこちなく指先が顎に触れる。誓は短い息をつき、そっと優司の方を向いて目を閉じた。

大丈夫だ、と自分へ言い聞かせる。

大好きな相手なんだ。大丈夫なはずだ。

「……ケーキの」

「え？」

「優司とキスしたら、ケーキの味がわかるかもしれない。俺、六年が初めてだったんだ。誕生日におめでとうって言われて、ケーキなんか貰ったの」

「だから、俺と一緒にいるのか？」

「それだけじゃないけど……嬉しかったんだ」

そう言って微笑んだ次の瞬間、ゆっくりと唇が重ねられた。

懐かしい感触に、誓は知らず胸がときめく。煙草の苦味、柔らかな温もり。合わせた隙間から漏れる溜め息も、全部唇が覚えていた。甘い陶酔が身体を包み、心がうっとりと緊張を解いていく。しみじみとした幸福に浸りながら、誓は温かな舌を受け入れようと唇を開いた。

だが——そこまでだった。

絡めた舌が動き出そうとした途端、反射的に肌が総毛立つ。全身ががくがくと震え出し、摑まれた二の腕が痛いほど悲鳴を上げ始めた。初めはキスに夢中だった優司もすぐに誓の異変に気づき、慌てて摑んでいた手を離す。しかし、全身を包む嫌悪感は、容易には去ってくれなかった。

「誓、大丈夫か？　おいっ？」

「ご……ごめ……」

誓は顔を歪ませながら、必死で返事をしようとする。強く握りしめたせいで手のひらに爪《つめ》が食い込み、滲んだ血が布団に小さな染みを作っていた。

「おい、おまえ怪我してるぞっ。待ってろ、絆創膏《ばんそうこう》かなんか……」

「い……いいんだ。これくらい平気だから……」

「だけど……」

「いいんだったらっ」

荒げた声を取り繕おうと慌てて笑顔を見せようとしたが、どうしても顔が笑ってくれない。焦った誓は、少しでも身体の震えを止めようと無駄な努力をくり返した。テーブルに肘《ひじ》があたった反動で、ケーキの箱が床へ滑り落ちる。思わずそれを追おうとして、誓までベッドから落ちそうになった。

「危ねぇっ」

驚いた優司に引っ張られ、ハッとなって彼を見つめ返す。優司は気まずそうにすぐ手を離すと、努めて柔らかな声音で「大丈夫か？」と尋ねてきた。

「ご……ごめん、ケーキが……」

「俺が拾うから、気にすんな。あんなの、食えるようになったら、また買ってやる」

「そんなの……もう無理なんだよ……」

「誓……」

「無理なんだ……わかっただろう……？」

絶望的な声で、誓は暗く吐き捨てる。

無理して見ないようにしてきた綻《ほころ》びが、いつの間にか取り返しのつかない大きさになっていた。

「……優司。俺、ダメなんだ。人が近くに来ると冷や汗が出て、身体が強張《こわば》ってくるんだよ。今までなんとか我慢してたけど、本当は震えるくらい怖いんだ。自分でも止めようがないほど、他人の気配が怖いんだ」

「俺……でもか……？」

呆然とする優司の呟きに、誓の顔が一層悲しく歪んだ。

「なんで、こんな風になっちゃったんだろう。俺、優司に触りたいのに。せっかく、優司が側にいるのに。そういうの、ずっと夢見てたくせに、でも……どうしようもないんだ……」

「誓……」

「どうしようもないんだ……」

自分が惨めで情けなくて、話しながら誓はポロポロと泣いた。

優司が他の女に気を取られていた時はいくらでも抱かれることができたのに、本気で求められた時にはそれが叶わないなんて、あんまりだ。

「俺、きっと捨てられる」

誓は、子どものように泣きじゃくった。

「こんなんじゃ、優司を慰めることもできない。一緒にいたって、俺はなんの役にも立たないんだ。優司、ごめん……ごめん……」

「誓……」

「ごめん、優司……」

「だったら……」

無意識に、優司は唇を動かす。

柚木が最後に残した問いかけの答えが、すぐそこにあるような気がしていた。

「だったら、どうすればいい？　どうすれば、誓の気持ちは癒えるんだ？　柚木か？　そうだ、あいつを……殺してきてやろうか？　おまえを痛めつけたのは、あいつなんだろう？」

「なっ、何バカなこと言ってんだよっ」

優司のぶっそうな言葉に、誓は思わず蒼白になる。だが、優司はそれしかないとでも言うように、もう一度同じセリフをくり返した。

「俺が、柚木を殺してきてやる。あいつがこの世から消えれば、もうおまえを脅《おびや》かす奴はいなくなるんだ。俺、おまえをすぐに抱けなくたって、そんなの別に構わない。だけど、もしもおまえが一生脅えて生きていかなきゃならないんなら、俺は……柚木を許さない」

「優司……」

「好きだとか愛してるとか、そんなの俺にはよくわからねぇ。でも、おまえのことは大切だ。だから、おまえのためなら……なんでもしてやる。人殺しだって、なんだって」

「優司……！」

「なんだってしてやるよ。だから……」

血の滲んだ手を取ろうとして、優司はすんでのところで動きを止める。

瞳を上げた彼は、そっと注意深く指を伸ばすと、誓の前髪の先に静かに触れた。

「だから、何も心配すんな」

「でも、俺はなんの役にも立たなくて……」

「くだらねぇこと、言ってんじゃねぇよ」

優司は、間髪を容れずに即答する。

「俺たちは、これから一緒にこの街を出るんだ。誓の心が俺を許すまで、何年だって俺は待てるさ。たとえ、死ぬまでかかったっていい。そんなこと、どうだっていいんだ」

「…………」

「欲しいんだ、おまえが。それだけなんだ」

誓がおずおずと右手を開き、髪に触れる優司の指をギュッと強く包み込む。不思議と嫌悪感はなく、その温もりに誓は安堵の溜め息をついた。

「他の奴らなんか、どうでもいい」

誓は、包んだ指先に唇を近づける。

「優司が側にいるなら、それでいいんだ」

「誓……」

「大好きだって、ずっと言いたかった。それが許されるんなら、なんだって耐えられる」

力任せに抱きしめたい衝動を、優司が懸命に堪《こら》えているのがわかった。

誓は新しい涙を浮かべ、熱い溜め息をベッドに落とす。

「俺のこと……抱かないでいられる？」

「自信ねぇな」

「だったら……」

「けど、頑張ることはできるさ。おまえは、今まで甘えることができなかっただろ。少しく

らい……それが何年でも……甘えたっていいんだ。俺には、甘えたっていいんだよ」

優司は、笑って言った。

「おまえの怪我が良くなったら、二人でこの街を出ていこう。誓、小さな灯台が見たいって前に言ってただろう？　俺が連れていってやるから、よければそこで……」

しばらく言い澱《よど》んでから、思い切ったように彼は先を続けた。

「そこで、俺と一緒に暮らそう」

誓に指を預けたまま、優司は一瞬だけ唇を重ねてくる。それはあっという間だったので、誓が構えるヒマもなかった。

束の間の口づけだけは、まだ自分に許されている。それなら、触れたいと思う心さえあれば、いつかは必ず愛しい温もりに身体を任せられる時が来るかもしれない。

床に散らばったケーキから、甘い匂いが立ち上ってくる。

誓は胸いっぱいにそれを吸い込み、心を軋ませながら香りを味わった。

それは優司と出会った夜から生まれた、この上なく幸福な恋の味がした。

やわらかな闇を抱いて

十九時になると、都内一の繁華街で一番広い通りに立つ。

それから、きっかり六時間。雨が降ろうが熱を出そうが、レンは一度も仕事を休んだことはない。百八十三の長身を包む上等なコートは黒のイタリア製、その下で均整の取れた身体《からだ》に纏《まと》っているのは銀座の老舗《しにせ》で誂《あつら》えたスーツのうちの一着だ。頭の上から爪先《つまさき》まで、どこを取ってても手を抜いた箇所はなく、精悍《せいかん》に整った顔立ちを一層魅力的に見せている。

「あら、もうそんな時間？」

出かける前の習慣で全身のチェックを姿見でしていたら、ベッドを占領していた下着姿の女性が気だるげに声をかけてきた。

「レンってば働き者ねぇ。日本の二月っていったら、一年で一番寒い月なのよぉ。あたしなら、真冬と真夏だけは外に立つ仕事は御免だわ」

「もう慣れたよ。それに、俺の故郷よりいいコートが手に入るし」

「それは、あんたが稼いでるからよ」

ゆっくりとベッドから降りた彼女は、背中から柔らかな乳房を押しつけてくる。胸の前で交差する爪の紅いエナメルに視線を落とした後、レンはやんわりとその手を振りほどいた。

「一緒に部屋を出て欲しいんだけど。十分待つから、着替えてくれる？」

「いいけど……ちょっと味気ないわねぇ」

「ごめん。次の機会には、もっと上等なホテルに誘うからさ」

「上手《うま》いこと言っちゃって。でも、まぁそうね。次があったらね」

さほどゴネることもなくさっさと身体を離すと、彼女は床に散らばった自分の服を集め始める。こういう後腐れのない関係は快適そのものだが、場数を踏むたびに確実に夜の住人へ近づいていくようだ。レンは相手に気取《けど》られないよう控えめな吐息を軽く漏らし、そんなのとっくの昔か、と心の中で苦笑した。

女と寝るチャンスなど星の数ほどあり、たまには本気だと迫られる時もあったが、基本的にレンは同じ相手と何度も寝ないし、決まった恋人も作らない。それは特別に意識して作ったルールではなかったが、いつの間にか周囲にも「そういう男だ」という認識で通ってしまっていた。だから、今夜の彼女とも次などないだろう。それで充分満足だ。

「そういえば、今夜のはとバスは香港からの観光客をずいぶん乗せてるようよ」

服をだるそうに拾い上げ、彼女は掠《かす》れた声で話しかける。

「知ってる。昼間、王《ワン》から連絡が入った。だから、嫌でも張り切らざるをえないんだよ」

「でも、それだけ流暢《りゅうちょう》に日本語話してたら、誰もあんたを中国人とは思わないわね。ま、せいぜい気をつけて仕事に励んでちょうだい。あんたたちのシマ、実入りがいいから狙ってる同業者も多いんでしょう？　最近、小競《こぜ》り合《あ》いがよくあるみたいじゃない」

「うん。だから、尚更《なおさら》真面目に仕事出てないとね。ボスの王も、チェックが厳しい人だから」

「王さんなら、大丈夫でしょ。レンのこと、お気に入りだもの」

細い足首からスルスルとストッキングを上げ、派手な柄のワンピースを手早く身に付けていく様は感心するほど堂に入ったものだ。彼女の生活の片鱗《へんりん》がちらりと覗《のぞ》けた気がして、レンは思わず苦笑を浮かべてしまった。

毎晩のように街で顔を合わせ、どの店で働いているかもよく知っているのに、年齢も本名も未《いま》だに何も知らない。気まぐれに寝た相手なので特に知りたいとも思わないが、そういう女がこの数年でかなり増えたのは自分に節操がないせいだろうか。

「うふ、店で皆に自慢しちゃお。あたしも、とうとうレンと寝たわよって。噂《うわさ》通り、いい身体してたし、テクも抜群だったし。いい思いさせてもらっちゃった」

「そういうセリフ、普通は男が言うもんじゃない？」

「いいえ。押し倒した方が言うものよ」

お待たせ、と言って腕を絡ませてきた彼女は、満足そうな笑顔を見せながらそう言った。

「こんばんは。あなた方、もしかして香港から来たんですか？」

目の前を行くビジネスマン風の男二人に、レンは流暢な広東語《カントン》で話しかける。彼らの場慣れしていない雰囲気と漏れ聞こえた会話から、それとすぐに察したのだ。

戸惑ったように足を止め、二人は胡散臭《うさんくさ》そうな目でこちらを見返してきた。だが、レンは怯《ひる》まずに明るく話を続ける。

「ああ、どうか誤解しないでください。別に、私は怪しい者ではないです。ただ、ちょっとこの繁華街には詳しいので、ご希望通りのお店へ案内できると思って。この街は外国人には危険な場所もありますけど、私は安心して遊べる所をたくさん知っていますから」

「……あなた、広東語が上手だけど……香港人じゃないでしょう？」

「はい、出身は北京《ペキン》です。でも、香港にも少しだけ住んでいました。それに、日本語も英語も両方しゃべれるから、どんな場所でもお連れできますよ」

「どこでも？」

「もちろん、安くて安全なお店ばかりです。嘘じゃありません」

脈ありと見て、レンは再びにっこりとする。二人組は、明らかに興味をそそられているようだ。大方、出張に来たついでに噂に名高い日本の歓楽街を見物しに来たのだろう。だが、実際足を踏み入れてみたはいいものの、ネオンのどぎつさや呼び込みの激しさに気後れしていたに違いない。そこへ耳慣れた広東語が入ってくれば、誰だって足を止めてしまう。

まして、レンの笑顔には人の警戒心を解く不思議な魅力があった。

隙《すき》のない洗練された格好は、やたらとがなりたてる客引きや怪しげなキャッチとは一線を画す雰囲気があったし、端整な顔立ちからはなんとなく信用できそうな品が感じられる。胡散臭くなりがちな後ろで縛られた髪型でさえ、モデルが興味本位に遊びにきたような軽やかさを演出していた。

おまけに、少しの綻《ほころ》びもない完璧な愛想笑い。もともと男前なのでちょっと相好《そうごう》を崩しただけでパッと明るい空気が生まれ、そこに物慣れない観光客は安堵《あんど》を覚えてしまう。実際のところ、それらはこの場所に立っている間に培った表情のテクニックに過ぎなかったが、レンは初めからさして苦もなく身に付けることができた。恐らく、あらかじめＤＮＡにでも組み込まれていたのだろう。

「大丈夫、信用してください。同胞を騙《だま》すような真似、死んでもしませんから」

「いや、それならちょうどよかった」

レンの笑顔を受けて、一人がホッとしたように表情を緩める。

「実は、友人から土産を頼まれているんだよ。その……大人用の」

「わかります。同じようなリクエストをされる方、たくさんいますから。日本で売っているおもちゃは、細部まで手間がかけられていてとても具合がいい。でも、中には外国人と知ってふっかけてくる悪徳な店もあります。その点、私が紹介する店は良心的ですよ。種類も豊富だし、性能は折り紙付き。なんなら、値引きの交渉もしてさしあげましょう」

「そりゃあ、有難いな。やっぱり、異国で頼りになるのは同胞だ」

「その代わりと言っては……なんなんですが」

レンはコートの内ポケットから顔写真入りの名刺を取り出すと、ゆっくりと二人の目の前へ差し出してみせた。アルファベットで綴《つづ》られたフルネームの上には、『享楽案内人』という見慣れない肩書きが刷られている。

殊更《ことさら》ゆっくりとした口調で、丁寧にレンは頭を下げた。

「ほんのお気持ちで、けっこうです。どうか、チップの方をお忘れなく」


今夜は、なかなか快調な出だしだな。

再び定位置に戻ってきたレンは、機嫌よくそう胸で呟く。

先ほど案内した香港のビジネスマンたちは、連れていった店で予想より多くの商品を買い込んでくれた。中でもローターの種類が豊富なのに興奮して、数十点まとめ買いしたのには驚いた。同僚への土産だと言っていたが、もし税関でトランクを開ける羽目にでもなったら、一体どんな顔をするつもりなのだろう。

「……まぁ、俺には関係ないけどね」

さすがに、そこまで面倒をみる義理はない。レンは先刻とは打って変わった癖のある笑みを浮かべると、ついでに酒が飲みたいとせがまれて連れていったキャバクラの店長の言葉を思い出した。

『助かるよ、レン。最近、ウチの売上げ落ちててさぁ。今度、なんか奢《おご》るから』

調子のいいことを言う割に、今まで一度だって奢ってもらってはいないのだが、まぁそんなのはどうでもいい。レンたち案内人のケツ持ち、いわゆるバックについてもらう代わりに一定の金額を収めている相手は和泉《いずみ》会という暴力団で、そのキャバクラは彼らの経営だ。売上げに貢献しておくのは悪いことじゃないし、たとえヤクザの店だろうとあくまで明朗会計、女の子もそこそこ可愛い子が揃《そろ》っているから、案内人としての評判が落ちることもない。

「もっとも、そこがキャッチと俺たち案内人の違いだけどな」

ほとんどのキャッチの連中は契約している店の内情などお構いなし、一人でも多くの客を連れ込むことのみに必死だ。だが、毎晩同じ場所に立つ身としては極力トラブルを避けていかねばならなかった。観光客の口コミにはバカにできないものがあり、「あの長身の男は要注意」なんて噂がネットに出回ったら、一発でグループから外されてしまう。ボスの王は在日二十年の上海人だが、彼が作った案内人のルールには分不相応な欲がなく、それがこの街で生き延びる秘訣だと言っていた。

「そういや、俺ももうすぐ三年になるのか……。やっべぇな……」

誰が聞いているかわからないので、レンは北京語で小さく毒づく。生来、ネオンの海が肌に合っていたらしく、二十三の時に住み着いた自分もすっかりここの水に馴染《なじ》んでしまった。

「……やべぇよな……」

同じ独り言をくり返すと、ふと焦りにも似た思いが胸をよぎる。ともすれば日常に埋没しそうになる、この街へ来た当初の目的を思い出すのはこんな時だ。けれど、さしあたって自分にやれることと言えば、夜毎《よごと》、繁華街で見知らぬ相手に声をかけ続ける行為のみだった。

「よし、感傷タイム終わり」

いつまでもボンヤリしていたら、上客をどんどん逃してしまう。レンは一つ息をついて気を取り直すと、鋭く目を光らせてぐるりと周囲を見渡した。最近は似たような『案内人』のグループが複数出没するようになり、隙あらばこちらのシマを荒らそうと狙っているのだ。古株のレンたちは一番人の多い大通りを独占しているため少しの油断もならず、つい先日も仲間の一人が小競り合いから喧嘩《けんか》に発展し、王から二週間の謹慎を命じられたばかりだった。

幸い、今夜はまだ奴らも顔を出していないようだ。レンはホッと肩から力を抜くと、煙草を取り出して一本に火をつけた。深々と煙を吸い込み、真冬の夜気に向かってのんびりと吐き出す。紫煙は凍った息と絡まりながら、明るい夜空へ消えていった。

「さて……と。これ吸ったら、また頑張るか」

時刻は夜の十時を回ったが、まだまだ本番はこれからだ。レンは半分ほど灰になったところで路上に吸殻を落とし、プラダの革靴で雑に踏み消した。

朝の来ない繁華街で、『享楽案内人』は面白いほど儲《もう》かる商売だった。仕事の内容は華人系観光客に歓楽街のありとあらゆる店を紹介することで、ソープやクラブ、ピンサロ、大人のおもちゃ屋などの風俗店から美味《うま》いレストランまで、客のリクエストに応じてどこへでも案内するのだ。もちろんあらかじめ店側とは契約を交わしておいて、客一人につき売上げの三割から四割のバックチャージを貰《もら》う約束になっている。これがけっこう盛況で、ほぼ毎晩通りに立てば月に四十万は楽に稼げた。レンのグループは三十代半ばの王を筆頭に十名全員が中国人だったが、四ヵ国語を自在に操れる人間はレンしかいない。そのため、ずいぶん重宝がられてもいた。

「しっかし、マジで今夜は冷えるなぁ。早く春になってくんないかな」

コートに包まれた身体を抱き、レンは眉《まゆ》をひそめてブルッと震える。先刻、「もう慣れた」などと女相手にうそぶいてしまったが、実際は人一倍寒がりなのだ。真夏の熱帯夜も辟易《へきえき》するが、マイナスの気温はそれ以上に生命の危機を感じさせる。下着が見えそうなマイクロミニを着てビラを配るキャバクラ嬢や、薄手のハッピ姿で元気に呼び込みを続ける客引きなどに比べたらずいぶんマシな格好をしているはずだが、レンには毎年辛《つら》い季節だった。冬になるとベッドに引っ張り込む女が増えるのは、きっと気温が関係しているせいに違いない。

「クソ寒いのに、元気な奴らだ……」

「……なぁ。あんたがレン？」

空耳だろうか。

喧噪《けんそう》の合間を縫って、日本語で馴《な》れ馴れしく名前を呼ばれる。

「俺、そこで落ちてた名刺を拾ったんだけど……」

「……なんだ、おまえ」

相手の顔を見た瞬間、レンは思わず素の声で返事をしてしまった。

十センチほど下からこちらを見上げていたのは、フリーターのゲーセン帰りといった軽装の青年だ。恐らく古着であろう年季の入ったスエードのジップアップシャツにインリーは紺のTシャツを着て、ボトムは程よく縦落ちしたストレートのジーンズ姿。清潔感のある眼差《まなざ》しは夜の街で一際異彩を放っていたが、それ以外どことといって特筆すべきところもない普通の若者だ。黒目がちな瞳とそこそこバランス良く配置された目鼻立ちは、年上の女性から可愛がられるだろうな、という程度には整っていたが、特に絶世の美形というわけでもない。不揃いにカットされた髪は赤味がかった軽薄な茶色で、妙に思い詰めた表情とちぐはぐな印象を与えているのが少し印象的だった。

「おまえ、今俺の名前呼んだだろう？　なんか用か？」

「ああ、よかった。あんた、日本語話せたんだ。さっきから声かけようかどうしようか迷ってたんだけどさ、わけわかんねぇ言葉でブツブツ言ってるから日本語ダメかなって……」

「用件はなんだよ」

いっきにまくしたてられて、ムッとしながらレンはもう一度尋ねた。大体、二月の夜にコートも着ないで街をうろつく奴なんて、まともに相手をしても意味がない。見たところまだ二十歳《はたち》そこそこぐらいだろうし、遊ぶ金を持っているようにも思えなかった。

「冷やかしなら、とっとと失《う》せろ。俺は忙しいんだ」

「ただ立ってただけなのに？　でも、あんた名刺の写真よりずっと男前だね。客と待ち合わせしてるホストって言われても、信じちゃいそうだな」

「仕事の邪魔すんな、クソガキ」

「ガキじゃないさ。一応、これでも成人してるんだから」

物怖《ものお》じした様子もなく、彼はレンに向かって言い返す。その真《ま》っ直《す》ぐな視線には不思議な力強さがあり、レンは思わず魅入《みい》られたように言葉に詰まってしまった。

「道に落ちてた名刺、拾ったんだ。あんたの名前、メイ・レンってなってたから中国人なんだろ？　でも、日本語すごく上手いよな。ここには『案内人』って書いてあるけど……」

「読んで字のごとく、この街の案内人だよ。お客の望んだ場所へ、どこへでも案内するんだ」

「そっか……やっぱりな……」

気のせいか、青年の表情が僅《わず》かに明るくなったようだ。彼はホッと息をつくと、やや気負

い込んだ口調で話し始めた。

「実は、あんたに頼みたいことがあるんだ。この近くで……」

「生憎《あいにく》と、俺は日本人は相手にしない」

「え……」

「付け加えるなら、金とは縁のなさそうなガキもだ。さぁ、行けよ」

「なっ、なんだよっ。お客に向かって、ずいぶん失礼じゃないかっ」

「おまえは、俺の客じゃない。さっきから、そう言ってるだろう」

「そんな……」

取りつく島もなく答えると、青年は呆然《ぼうぜん》と黙り込んでしまう。まさか断られるとは思わなかったのか、面食らった表情はあどけなく微《かす》かに子どもの面影を残していた。どうやら、彼にはよほど行きたい場所があるらしい。その思いは充分に伝わってきたが、レンは冷ややかな態度を崩さなかった。こんな得体の知れない奴に関わっている間に上客を逃さないとも限らない。

「もう一度言う。俺は、日本人の案内はしないんだ」

そう言って、野良犬を追い払うように右手をシッシッと邪険に振る。

「ほら、もうあっちに行ってくれ。商売の邪魔だ」

「なんでだよっ、どうして日本人じゃダメなのか、ちゃんと説明しろよっ」

「いいか、坊や。俺たちには、それぞれ縄張りってもんがあるんだよ。中国人の相手は中国人、韓国人の相手は韓国人。だったら、日本人の相手は当然日本人だ。どっかで遊びたいなら、そこらで手ぐすね引いてるキャッチにでも声をかけろ」

「遊び？　違うよ、俺が訊《き》きたいのは将棋が……っ」

「日本語以外で話すなら、聞く耳だけは持ってやる。じゃあな」

それきり、まるで青年など初めからいなかったような顔で、レンは通りを行く観光客に愛想よく声をかけ始める。幸いすぐに小太りな中年男が興味を示し、早口の北京語で中国美人と飲めるクラブはないかと尋ねてきた。レンは営業スマイルを浮かべたまま、ちらりと視線を横へ流してみる。どうやら食い下がるのは諦《あきら》めたのか、青年は背中を向けて歩き出すところだった。

「……ふん。格好は貧乏ったらしいけど、やたらと姿勢だけはいいんだな」

小さく日本語で呟《つぶや》き、しばらく後ろ姿を見届ける。こうして客観的に観察すると、少年と青年の狭間にある身体つきは独特の不安定な雰囲気を孕《はら》んでいて、ちょっと他人の気をそそる風情を醸し出していた。そのせいか、彼がさほど歩かない内にあちこちから呼び込みの声がかかり、露出の激しい服を着た女の子に腕を引っ張られたり、キャッチのお兄さんから気安く肩を叩《たた》かれたりしている。レンが見る限り、他の通行人よりだいぶ構われている風だったが、意外にも青年はさりげなくそれらを受け流して悠々と歩き続けていた。

「あいつ……」

たちまち人の波に隠れてしまった彼に、思わずレンは感心した声を出す。てっきり場慣れしない田舎者かと思っていたが、どうして、夜の泳ぎ方をちゃんと知っている足取りだ。

「一体、何者なんだ……？」

続けてそんな呟きを漏らした時、傍《かたわ》らから「あのぉ……？」と先刻の客がせっついてくる。慌てて頭を仕事モードに切り替え、レンはとびきり明るい笑顔で振り返った。


平日にも拘《かか》わらず、今夜はかなり客の多い夜だった。お陰で「これが最後」と決めた男性のグループを中国式エステまで案内した時には、すでに深夜の二時を回っていた。

「今日は、ここまでにしとくかぁ」

やれやれ、と店から一人出たレンは溜め息をつき、コートの襟をかき合わせる。気力があれば、この後で飲みに行ったり別の通りに立つ仲間の応援に行ったりするのだが、この寒さでは一刻も早く家に帰りたい気持ちの方が強かった。

近道をしようと一本裏通りへ入り、そういえばあのガキはどうしただろうか、と思い出す。酔っぱらいや質《たち》の悪い輩《やから》が用もないのに絡んでくるのには慣れているが、さっきの青年はまったく様子が違っていた。第一、何やら妙な言葉を口走っていたのが引っかかる。

「ショーギ……とか……言ってたか？」

もしや新種のクスリの名前だろうか、と半ば冗談で考え、やっぱり「将棋」だよなぁと素直に漢字に変換する。だが、ずいぶんと場違いな単語が出てきたものだ。麻雀、パチンコ、地下カジノなどこの街にも賭事《かけごと》の遊び場はたくさんあるが、さすがに将棋の指せる場所など残っていない。昔は盛んだったそうだが、今では和泉会の会長が無類の将棋好きだと噂に聞くくらいだ。

「このご時勢に、将棋ねぇ……」

場違いな響きも手伝って、我ながら苦笑ものではある。しかし、たった数分、ろくな会話も交わさなかった相手を後から思い出すなんてあまり経験がないことだった。これが巨乳の美女ならまた話は別だが、相手は色気も何もないただのガキだ。まなじりの上がった勝ち気そうな黒目と、媚《こび》や愛想とは無縁に思える一途《いちず》な唇が、あまりにも自分と違いすぎていたせいだろうか。

「……くだらねぇ……」

どうも、今晩は感傷に浸りやすくなっているようだ。そもそも、「もうすぐ二年」なんてしみじみしたのがいけなかった。三年間、自分なりにこの街で生きていく地固めをしてきたつもりだが、実際には何もしていないに等しいのではないだろうか。そんな焦燥感に囚《とら》われかけていたら、不意に内ポケットの携帯電話が鳴り出した。

「もしもし」

『レンか？　李《リー》だ。今どこにいる？』

「どこって……家に帰るとこだよ。悪いが、麻雀ならまた今度……」

『サカシタの店で、客が店側とモメてるんだ。あいつら、おまえを呼べって言ってる』

「俺を……？　あの店とは付き合いがない。客なんか連れてってないぞ」

『よくわからないが、サカシタがレンはどうしたって騒いでるらしい』

坂下《さかした》の野郎、『さん』くらいつけろ、とレンは内心ムッとする。

「わかった、ちょっと行ってくるよ」

『気をつけろよ。あそこの連中は、俺たちを煙たがっている。設楽《したら》さんに電話しとこうか』

「いや、まず状況を見てからの方がいいだろう。大丈夫だって。じゃあな」

口調の軽さとは裏腹に、眉間《みけん》に皺《しわ》を寄せながらレンは電話を切る。坂下の店は悪質な暴力スナックで、そこのキャッチ連中は稼ぎのいいレンたちが気に入らないらしく、前から小さなイザコザが絶えなかった。だが、今夜に限って自分が名指しされる理由がわからない。

「設楽さん……か」

レンたちの面倒をみているのは和泉会の設楽という男だが、坂下のバックにいる高岡《たかおか》とは同じ組でありながら、こちらもあまり仲がいいとは言えない。正直一人で赴くのは心細かったが、下手《へた》に彼ら《ヤクザ》を巻き込むと話が大きくなって王に迷惑がかかる可能性もあった。

「とりあえず、行ってみるっきゃないか……」

寒いんだけどなぁ……とウンザリしつつ、レンは歩く速度を心持ち速めた。

幸いすぐ近くだったので、五分もたたずに問題の店まで到着する。だが、ちょうどその時、店内から叩き出されたらしく一人の客がドアから転がり出てきた。

「……痛《いて》え……っ」

勢い余って道へつんのめり、客は口の中で低く毒づく。ギョッとしてレンが立ち止まると、すぐに相手は上半身を起こし、改めてアスファルトの上にぺたりと座り込んだ。

「おまえ……」

その横顔を見たレンは、それきり先の言葉が続かない。何故《なぜ》なら、数時間前に自分が追い払ったあの青年だったからだ。殴られたのか、彼は唇の片端に滲《にじ》んだ血をぺろりと舐《な》め取った後、こちらの気配に気がついたように目線をぶっきらぼうに上げてきた。

「……ああ。来たんだ？」

「俺を呼んだのは、おまえなのか？　一体、どういうつもりなんだ？」

「別に。あんたが日本人のキャッチを当たれって言うから、その通りにしたんだよ。そしたら、話と全然違う変な店に連れていかれて、注文もしてないビールだのツマミだの勝手に出してくるからさ。頭に来て出ようとしたら、金払えって絡まれただけ」

「そんなの、てめぇの自業自得だろ。なんで俺が……っ」

思わず声を荒らげかけたレンだが、相手は何が気になるのかクンと鼻先をうごめかす。「犬か、おまえは」とますます腹を立てていたら、思い切り顔を歪《ゆが》めて「…くっせぇ」と呟いた。

「その店で、俺の隣にすっげぇブスが座ってさぁ。べったり身体を擦り寄せてくるもんだから、上着に香水の匂いが染み付いちゃったよ。……おえぇ」

「おいおい。俺のカノジョに向かって、ずいぶん失礼な言い草じゃねぇか」

品のない笑い声と共に、店から数人の男たちが現れる。いずれもレンのよく知った顔ばかりで、「俺のカノジョ」と恥ずかしげもなく言ったのがオーナーの坂下、他はウェイターとキャッチを兼任している身持ちを崩した若者ばかりだった。

「レン。そいつ、おまえが寄越した客なんだってなぁ」

「誤解だよ、坂下さん。そいつが何を言ったか知らないが、俺には全然関係ない。第一、もし俺が客を連れていくとしても、あんたの店だけは紹介しないよ」

「ああ、そうしてくれ。言葉もわからねぇアジアの田舎もんに来られたら、店の品位がガタ落ちする。そんで、今夜の客はどうするんだ？　さっきから、さんざんてめぇの名前をくり返してたぜ。文句があるなら、ここへ行かせたレンに言えってな」

「嘘《うそ》だ。俺、一回しか言ってない」

ふて腐れた声音《こわね》で青年が抗議し、その直後キャッチの一人に左肩を蹴飛《けと》ばされる。それを見た坂下は、趣味の悪いスーツの肩を揺すって下品に笑った。チョークストライプのダブルなんて、今どき誰が真顔で着るっていうんだ。あんまりなセンスにレンは思わず吹き出しそうになり、たちまち坂下に見咎《みとが》められた。

「わかってねぇようだな、レン。誤解だろうがなんだろうが、うちの売上げを踏み倒そうとした客がてめぇの知り合いだってだけで充分なんだよ。代金十二万円、どうするんだ？」

「ごめん。俺、算数苦手でさ。特に、あんたのえげつない方程式は永遠に解けない」

「ふざけてんじゃねぇぞ！」

凄《すご》む坂下を無視して、レンは青年へ近づいていく。服は汚れていたが怪我《けが》のダメージはないようで、レンが目の前に屈《かが》むと彼は不敵に笑いかけてきた。

「悪いな、迷惑かけて。でも、元はと言えばあんたが人種差別したのがいけないんだぜ？」

「……へらず口叩いてないで、さっさと立ち上がれ。ほら……」

「レン、後ろ！」

セリフをぶったぎる鋭い叫びに、レンは素早く右へ身体を逸《そ》らす。蹴りが空振りしたキャッチの一人が、バランスを崩しながらチッと舌打ちをした。その機を逃さず青年がそいつに体当たりをし、背後に連なっていた数名ごと思い切りアスファルトへ突き倒す。驚いたレンは急いで青年の手首を摑《つか》むと、「よせっ！」と乱暴に引っ張り上げた。

「何やってんだっ。喧嘩しに来たわけじゃないんだぞっ」

「え……そうなんだ？」

「そうなんだ……って……」

まともに問い返されると、なんだかこちらが間違っている気になってくる。レンとしてはなるべく穏便に済ませたかったのだが、そんな悠長なことは言っていられそうもなかった。不意の攻撃を受けた男たちは、殺気だった表情でジリジリと距離を狭めてきている。多勢に無勢だが、こうなったら覚悟を決めるしかない。

強行突破しかないか、とレンが拳《こぶし》に力を入れた時だった。

「え……？」

突然、その場の空気が変わる。

今にも二人へ飛びかかろうとしていた男たちが、緊張した面持《おもも》ちでサッと道の端に移動した。ニヤニヤ見物していた坂下も慌ててそれに倣い、後には唖然《あぜん》と突っ立つレンと青年だけが残される。

夜気がピンと張り詰める中、道を開けられた中央に一人の男の姿が浮かび上がった。

「……柚木《ゆずき》さん……」

無意識に、レンの唇が動く。柚木と呼ばれた男は、袖《そで》を通さずに肩からトレンチタイプのコートを羽織り、銀色に光る眼鏡の奥から感情の読み取れない瞳をこちらへ向けた。

「こんばんは！　お疲れさまです！」

「お疲れさまです！」

「お疲れっす！」

坂下以下、一同が頭を下げて口々に挨拶《あいさつ》をするが、柚木はレンから視線を外さない。彼の後ろにいる二十台後半とおぼしき男が、代わって坂下へ険しい一瞥《いちべつ》をくれた。

「おまえらの声がうるさくて、俺も柚木も落ち着いて酒も飲めやしねぇ。高岡はどうした？」

「た……高岡さんの手を、煩わせるほどでもないと思いまして」

「その割に、通りの端まで聞こえてきたぜ？　おめぇのガラガラした声がよ」

「いや、それはレンの奴が……」

男に向かって尚も言い訳しようとする坂下に、それまで黙っていた柚木が口を開く。

「――坂下。おまえ、明日事務所に来い。高岡も呼んでおいてやる」

「は……はい……」

坂下は真っ青になったが、何も言い返しはしなかった。いや、出来なかったと言うべきだろう。柚木の声音は低く穏やかだが、無駄口を叩かない分有無を言わさぬ迫力に満ちている。まして、普段なら決してこんな小競り合いの場に出てくることのない大物なだけに、その存在だけで皆を萎縮《いしゅく》させるには充分だった。

ただ一人、傷だらけの青年だけは、まるで空気を読まずにボソッと呟く。

「レン……誰だよ、このおっさん」

「バカ、おまえは黙っとけっ」

「なんだ、なんだ。毛色の違う雑種が、一匹紛れこんでんな」

柚木ではなく、先ほどの男がそう言って楽しげに笑った。笑うと目尻に皺が寄り、坂下を睨みつけていた人間と同じとは思えない愛敬がある。柚木は肩越しに男を見返し、「椿《つばき》、笑いすぎだ」と軽く彼をたしなめた。その声音も、先刻の酷薄な響きとは雲泥の差だった。

「レン、おまえも明日俺のところへ顔を出せ。いいな」

「……わかりました、柚木さん。どうも、お騒がせしてすみません」

「設楽と王には、椿から話を入れさせる。それでいいな」

「はい」

「ま、同じケツ持ちを持った同士、仲良くやんなって。レン、雑種はちゃんと外界まで送っていけよ。今夜のことは、いい勉強になったろうさ。なぁ、ポチ？」

「てめ、誰が雑種だっ。俺の名前は、穂高吹雪《ほだかふぶき》っていうんだよ！」

途中で茶々を入れる椿に、それこそ犬のように吹雪は食ってかかる。どうせ面白がられるのがオチなのに、どうやら堪《こら》えのきかない性格のようだ。もっとも、レンに案内を断られた後に悪質なキャッチに速攻で引っかかるのだから、少し頭が悪いだけなのかもしれない。

「吹雪だってよ、柚木。最近のガキは、名前だけは立派だな」

柚木も椿も、滅多に素人へ凄んでみせたりはしない。相手にしていない、といった方が正しいが、レンが気を揉《も》むまでもなく吹雪の抵抗は笑い飛ばされて終わりだった。

第一印象というものは、やっぱり大事にした方がいい。

例えば「貧乏そうだ」と感じたら、ほとんどの場合相手は本当に貧乏だ。今、レンは身をもってそう思い知っているところだった。

「もう一度訊くけど……本当に、一銭も持ってないのか？」

「一銭もってのは大袈裟《おおげさ》だけど、まぁ似たようなもんかな」

「それで、おまえの実家はどこなんだっけ？」

「……鎌倉」

いくぶん声が小さくなり、吹雪は決まりの悪そうな顔になる。だが、いくらしおらしい態度を見せようが、ほだされてやる気はなかった。

「鎌倉……ね……」

こめかみが引きつるのを感じながら、なんとか怒りを堪えようとする。運転席では、痺《しび》れを切らせたタクシーの運転手が「どうすんの、乗るの？　やめるの？」とせっついてきた。

だが、都心から鎌倉まで料金が幾らかかるか考えただけでゾッとする。金を貸したところで十中八九戻らないだろうし、そこまでしてやる義理もない。それなら、始発まで終日営業の喫茶店にでも押し込んだ方が何倍も安上がりだった。

「すいません。車、やっぱりいいです」

窓越しにレンが頭を下げると、運転手は物も言わずにいきなり車を発進させる。思い切り排気ガスを浴びた吹雪が、ケロリとした調子で「なんだよ、乱暴だなぁ」と呟いた。

「もうすぐ、朝の四時だろ。レン、どうしようか？」

「俺は家に帰る。始発まであと少しだし、おまえはおまえで勝手にしろ。喫茶店かどっかで時間を潰《つぶ》すなら、電車賃とコーヒー代くらい出してやるから」

「へぇ、面倒見いいじゃん。最初とは大違いだね」

「しょうがないだろう。椿さんに、ちゃんと送るよう言われてるんだ」

「ああ……あの二人は、本物だったな。雰囲気は対照的だけど、迫力があったもんなぁ」

「じゃ、そういうことで」

五千円札を無理やり握らせ、レンはそそくさと背中を向ける。外面《そとづら》の良さには自信があるが、一文にもならない厄介事にかかずらわっているほど善人でもない。それに、吹雪だって成人しているのだから、家まで送り届けなくても椿もうるさくは言わないだろう。

ただし、とレンは嫌な予感を覚える。

実家が鎌倉、というのがデタラメという可能性も大いにある。

（まぁいいさ、それならそれで。どこへでも勝手に消えてくれれば……）

面倒に巻き込まれたくなければ、余計な心配などしないに限る。何かと印象深い相手ではあったが、この街では自分の居場所さえ油断しているとあっという間に奪われてしまう。他人を思いやっている余裕などとても持てないし、ましてや吹雪にははっきりとトラブルメイカーの素質が見て取れた。関わるには、少々ギャンブルすぎる人物だ。

大通りから一本外れた路地の角を曲がると、廃業したスナックの看板が見えてくる。レンは安堵の息を漏らし、思い出したように身体を震わせた。考えてみれば、吹雪に振り回されて寒さを感じるヒマもなかったのだ。部屋に戻ったらまず風呂を沸かして……などと考えながら店の鍵を開けようとしたら、背後からトントンと肩を叩かれた。

（まさか……）

振り向くのを躊躇《ちゅうちょ》している間に、予想通りの声が聞こえてくる。

「ひってぇなぁ、さっさと行っちゃうなんて」

「……吹雪……」

「また追い払われたら困るからさ、こっそり追っかけてきたんだ。でも、ずいぶん渋いとこ住んでんだな。ここって空き家じゃないの？　あんたの店？　まさかな？」

矢継ぎ早に質問する彼は、すっかり中へ上がり込むつもりでいるようだ。その証拠に、鼻唄でも歌い出しかねない様子でレンが鍵を開けるのを待っている。あまりの図々しさに呆《あき》れて物も言えずにいると、カチャリと音がしてドアが自然と開いた。

「すっげぇ、自動ドアじゃん」

「……たてつけが、少し悪いんだ。鍵なんか、気休め程度なんだよ」

つっけんどんに説明し、レンは真っ暗闇の店内へズカズカと踏み込んだ。上の部屋へは、店を突っ切った奥の階段からでないと行けないのだ。後ろからおっかなびっくりついてくる吹雪の気配がしたが、腹が立ったので電気もつけてやらなかった。

（後をつけてきただと？　ふざけやがって）

坂下の店の件といい、一方的に頼られてもこちらは迷惑なだけだ。この三年間、せっかく波風を立てずに生活してきたのに、たった一人にペースを乱されるのは真っ平だった。

ともかく、今は風呂で暖まろう。そうすれば思考回路も正常に働いて、彼を追い出すいい案が浮かぶに違いない。そうだ。きっと寒いから調子が狂うんだ、と自分に言い聞かせ、レンは振り向きもせずに部屋のドアノブへ手をかけた。


「ベッドから降りろ」

生乾きの髪もそのままに、風呂上がりのレンが腕組みをして吹雪を見下ろす。

「いつ誰が、このベッドで寝ていいって言った？」

「だって、他に寝る場所なんかないじゃないか」

「ごく基本的な質問だけどな、そもそも、どうして俺の部屋までついてくるんだ？」

「今頃、なんでそんなこと言うんだよ。さっきは、何も言わなかったのに」

「寒かったからだよ、ボケッ」

思わずカッとなって怒鳴っても、我が物顔でシングルベッドに寝そべっている吹雪は怯みもしない。レンが風呂に入っている隙をみてちゃっかり寛《くつろ》いでいる姿は、まるで自分は最初からここの住人なんだと言わんばかりだった。

「おまえ、もう少し遠慮ってもんを考えろ」

肩にかけていたタオルを手に取り、乱暴に毛先の滴《しずく》を拭《ぬぐ》いながらレンは続ける。

「普通、初めて上がり込んだ部屋で一つしかないベッドをためらいもせずに独占するか？そうだ、さっき俺が渡した五千円も今すぐ返せ」

「なんだよ、細かいなぁ」

「そういう問題じゃないだろうっ」

次第にイライラを募らせるレンの顔を、吹雪はおかしそうに眺めている。気持ちよさげに四肢をマットレスの上に伸ばしている様は、断固として動くまいと決めているかのようだ。

だが、いくらリラックスしているように見えても、その顔には擦り傷や打撲の跡がまだ痛々しいほど残っていた。初対面の時にも思ったが、吹雪は全てにおいてあまりにバランスが悪すぎる。何か目的があってこの街へ来たんだろうに、やることなすこと行き当たりばったりで危なっかしい。その無防備さは、ほとんど投げやりと紙一重だ。レンには、それが無性に腹立たしかった。

「はっきり言うけど、迷惑なんだよ。つきまとわれると」

「………」

「俺には、おまえのお守りをしてやるヒマなんかないんだ。坂下の店へ行ったのだって、呼んでるのがおまえだなんて知らなかったからだ。知ってたら、わざわざ行くもんか」

「でも、結果的には来たわけだしさ。それに、俺はもうどこへも帰るつもりなんかないし。どうせ天涯孤独の身の上だから、誰が待ってるってわけでもないんだよな」

「だからって、俺を当てにするなっ。女ならまだ売りもんになるけど、無一文の男なんてなんの価値もないんだぞ。デカいお荷物背負わされるのは、御免なんだよ」

ケンもホロロに言い返すと、しばし吹雪は黙り込む。それから、少し拗《す》ねた目付きでレンを見上げると「あんた、本当に中国人？」と唇を尖《とが》らせた。

「なんか、立て板に水で話してるし。発音だって、綺麗なもんじゃないか」

「悪いかよ。ガキの頃、日本にも住んでたんだ。生まれてから十歳まで」

「へぇ……」

「東京、北京、香港、ロンドン、上海……親の仕事で、あちこち転々としたからな」

おいおい、とレンは心で自分に警告を出す。

一体、何をペラペラと口を動かしているんだろう。数時間前に初めて会ったような奴に、訊かれもしない個人的なことまで話してしまうなんてまったくどうかしている。

自分の軽率さにムッとしたレンは、先刻からのイライラも手伝って乱暴にベッドの端へ腰を下ろした。スプリングが軋《きし》み、吹雪が揺れながら小さく笑う。夕方まで、ここで機嫌よく寝そべっていたのはナイスバディの美女だったのに、あまりの落差に頭が痛くなりそうだ。

不機嫌な顔つきに臆《おく》することもなく、吹雪は楽しげに口を開いた。

「なんだよ。あんた、俺と一緒にここで寝る気なわけ？」

「バカ言ってると、本当に叩き出すぞ。おまえは、あっちのソファだ。ほら、どけっ」

「やだよ。第一、ソファなんか寒いじゃん」

「贅沢《ぜいたく》ぬかしてると、下の店で寝ることになるぞ」

「なんか、面白いところだよね。街も……この家もさ」

ふっと、吹雪の口調からそれまでの軽さが影を潜めた。

彼はどこか遠い目をしながら、ゆっくりと室内を見回していく。一瞬前まで表情を彩っていた幼さが消え、いつの間にか憂いを含んだ艶《つや》がそれに取って変わっていた。

この顔……と、見ていたレンは妖《あや》しく胸をざわつかせる。

一番最初に「あんたがレン？」と声をかけてきた時、吹雪はかなり思い詰めた目をしていた。物怖じせずに軽口を飛ばす彼とはまったく別の、どこまでも潔癖で孤独な瞳だった。

今、彼がレンの前で見せているのは、それと同じ眼差しだ。

こんな表情を吹雪にさせる、何かがこの街にはあるんだろう。衝動的に強い興味を覚えたが、かろうじて自分を抑えると努めて無関心な声を作った。

「街はともかく、この部屋のどこが面白いんだ？」

「だって、一階の店舗なんか凄い荒れてんじゃん。昔スナックか何かだったみたいだけど、まさか二階に人が住んでるなんてパッと見じゃ信じられないよ。それに、二階は二つも部屋があるのにあんたしか住んでないみたいだし。まさか、空き家を不法占拠してるわけじゃないよな？」

「ちゃんと、使ってる分の家賃は払ってる。大家が店舗を直す気がないだけだ」

「ふうん、勿体《もったい》ないな。ここって、もともと住居付き店舗の物件だったんだろ？　前の住人、夜逃げでもしたのかなぁ。大体、普通の荒れ方じゃないと思わない？」

「こんな街だ。俺が借りる前に、ホームレスでも居座って散らかしたんだろうさ」

いい加減、探り合うような会話はウンザリだった。本当なら今頃とっくにぬくぬくと眠りについているはずなのに、得体の知れない相手に振り回され、あまつさえベッドまで奪われている。こんなことなら、いくら椿たちの目があろうと吹雪を置いてくれば良かった。

「どうかした、レン？　いい加減、湯冷めするんじゃないの。俺なら構わないから、ここで一緒に寝ればいい。かなり窮屈だけど、寒さはしのげるしさ」

「……誰のセリフだ、それは」

あまりの図々しさに、レンの頭が瞬時に熱くなる。自分は、何をグズグズしていたんだろう。こんな奴、とっとと部屋から追い出せばいいのだ。始発まで、なんて甘いことを言ってないで、すぐにでも目の前から消えてもらわなければ。その後で彼がどうなろうと、こっちの知ったことではない。

レンは、相変わらず生意気な目付きでこちらの反応を窺《うかが》っている吹雪に向かって、にっこりと愛想よく微笑《ほほえ》みかけた。

「寒さをしのぐって、おまえそう言ったよな？」

「う……うん」

「それって、俺のこと誘ってんだろ？」

「誘うって……」

「一晩ベッドを貸す代わりに、抱かせろって言ってんだよ」

笑顔から一転、いきなり声音を下げて妖しく囁く。素早く体勢を変え、押し倒すような形を取ると、案の定吹雪が驚いたように目を見開いていた。レンはほくそ笑み、絡みつくような口調でねっとりと先を続ける。

「まさか、タダとは思ってなかったよなぁ？」

「え……」

「シングルに男二人で寝ようなんて、まともな奴が言うことかよ。おまえ、そういう商売やってたんじゃないの。だったら、ここで俺に一回や二回ヤラせたとこで減りゃしねぇよな？」

小作りな頭の両脇に手を置くと、重みでスプリングが安っぽい音を出した。その音に我を取り戻したのか、吹雪がまるで珍しいものでも見るように目を細める。

「……あんた、そういう趣味の人？」

「…………」

「ふぅん、そうなんだ。全然わかんなかったな」

沈黙を肯定と解釈したのか、吹雪は意外にも自ら両腕をレンへ伸ばしてきた。それまで、彼のことをどこにでもいる普通の若者だと思っていたが、一言声を交わし動きを重ねていくたびに、まるきり知らない吹雪が新しく現れるようだ。

「俺でもいいなんて、悪食だね」

傷だらけの指が、そっとレンの頬を包み込む。およそ色気など欠片《かけら》もないはずなのに、その眼差しや血の滲んだ擦り傷、小さな痣《あざ》の一つ一つまでもが、異様に艶かしく瞳に映った。

「おまえ、何者なんだ……」

「こっちが訊きたいよ、レン。あんた、本当に俺とヤるつもり？」

「ベッド代ほどの価値が、おまえにあるのかどうかは疑問だけどな」

「……悪いけど、やっぱり男に興味あるようには見えないな。俺を追い出したくて、そう言ってるだけだろう？　だって、腰が引けてんじゃん。第一、男と寝るなんて……」

「うっせぇなっ」

減らず口にカッとなり、レンはその唇を無理やり奪う。強引に舌を割り込ませると、歯で切ったのか錆《さ》びのような味が広がった。どちらの血だろう、と頭の隅で考えながら、思うがまま相手の口腔内を蹂躙《じゅうりん》していく。やがて黙らせるだけでは物足りなくなって、じわじわと煽《あお》るように舌を使い始めた。

「……ぅ……んっ……」

いきなり唇を塞《ふさ》がれて、吹雪が苦しげに喉《のど》を鳴らす。濡《ぬ》れた唇が何度も擦れ合い、すぐに熱を帯び始めた。絡み合う舌の動きが激しさを増し、ため息までしっとりと濡らしていく。

微かな抵抗を見せていた吹雪も、じきに理性が蕩《とろ》けたように自らレンを受け入れていった。

その素直さが一層レンを苛立《いらだ》たせ、荒々しい行為へと駆り立てていく。

「あ……っ」

口づけながら吹雪の両手を頬《ほお》から引き離すと、レンは一本にまとめてきつくベッドに押さえつけた。息継ぎすらほとんど許さず唇で吹雪を追い詰めると、えも言われぬ快感が次々と生まれていく。今まで何十と女を抱いてきたが、こんな感覚に襲われたことは一度もなかった。

「ん……っ……」

甘く苦しげな吐息が隙間から零《こぼ》れ落ち、摑んだ手首に汗がじわりと滲んでくる。小刻みに震え出した吹雪の身体を、レンは嗜虐《しぎゃく》の悦《よろこ》びで心ゆくまで堪能《たんのう》した。このまま吹雪を食い尽くし、自分のものにしてしまえたらどんなに気分がいいだろう。そんな誘惑が心を支配し、欲望のままに吹雪の服に手をかけようとした。

「や……やめろよ…っ」

先ほどの強気な発言はどこへやら、吹雪が初めて弱った声を出す。自分を捕らえていた手を振り払った彼は、逃げるようにベッドから床へ転がり落ちた。

しばらく荒い息をつき、吹雪は俯《うつむ》いたまま大きく肩を上下させる。赤茶の髪の隙間から、ほんのり上気したうなじの色がレンの胸に痛々しく迫った。

「確かに……」

「え……？」

「確かに、悪食だったかもな」

半ば呆然と、レンは呟く。ほんの脅かしのつもりだったのに、気がつけばすっかり理性を飛ばしていた。そんな経験は初めてだったし、まして相手は同じ男なのだ。これまで女性に不自由したことがなかったので、それこそ同性に欲情するなんてありえないと思っていた。

「なんだよ、それ」

レンの呟きが耳に入ったのか、吹雪が床から挑戦的な目付きで睨《にら》みつけてくる。

「悪食って、人から言われるとムカつく」

「は？」

「だから、自分で言うならともかく、あんたにしみじみ言われるとムカつくんだよっ」

「ムカつくのは、てめぇの方だっ。ふざけんなっ」

頭にきたレンは唇を手の甲で雑に拭い、ベッドから床へ乱暴に降りる。人生最長のキスを男としたという事実は、冷静になった今どうしようもなく気まずいものでしかなかった。

「……くそっ。やってられるか」

短い一瞥を吹雪にくれ、備えつけのクローゼットへ近づいていく。目についたシャツやスーツを手早く身に付け、髪をゴムでまとめていると吹雪が力なく立ち上がった。

「ど、どこ行くんだよ」

「女のとこで口直しだよ。いいから、おまえは始発まで残ってろ」

「……鍵は……」

「おまえも見てただろ。この家は、鍵なんかあって無きが如《ごと》しだ。気にするな」

「でも……」

「じゃあな」

これ以上、吹雪と話していたくない。そうでないと、本当の「悪食」になってしまいそうだ。そんな危機感に追われるように、レンは逃げるようにドアを閉めた。また追ってくるかと思ったが、吹雪もそこまで元気ではなかったらしい。ドアの向こうで、「なんだよ……」と呟く声が弱々しく聞こえてきただけだった。

間を空けずに二回、同じ女と寝る羽目になるとは思わなかった。

部屋を出たレンは安ホテルにでも泊まるつもりでいたが、前日の夕方に別れたばかりの女性と偶然に会い、誘われるままに彼女のマンションへ行くことになったのだ。「夜遊びしてよかった」と彼女は喜び、やることをやった後は午後までレンを眠らせてくれた。

だが、その心遣いが仇《あだ》となった。

吹雪が出ていった頃を見計らってさっさと帰るつもりだったのに、予定外に時間がズレこんでしまったのだ。今日は柚木たちの事務所へ顔を出す約束をしているので、余計に忙しい。午後遅くに慌てて家に向かったレンだったが、陽《ひ》が落ちる寸前の外観を見た瞬間、思わず入るのをためらってしまった。

「昼間見るのは久しぶりだけど……さすがに……」

改めてその荒廃ぶりを目《ま》の当りにし、レンは感慨深く立ち尽くす。

この物件を紹介してくれた不動産屋によると、レンがこの街へ来る前にここでちょっとした事件があったという話だ。スナックのママは愛人と一緒に行方不明、その息子も今では消息がわからないらしい。それ以上は不動産屋も大家も語らなかったし、周囲の人間の口も堅かったが、漏れ聞こえてきた情報によると、どうやら柚木が裏で絡んでいたようだ。だから、レンがここを借りていると知られた時、てっきり嫌がられるかと思ったのだが、意外にも彼は薄く笑っただけだった。

「……まさか、もういねぇよな」

鍵の開いたドアを押すと、薄闇に差した光の中で埃《ほこり》が舞い踊っている。その真ん中を突っ切り、レンは勝手知ったる素早さで階段を上がっていった。

上がり口の左手に部屋が二つあり、その手前をレンは使っている。奥の部屋には、滅多に近寄らなかった。大家は両方好きにしていいと言ったが、三年たった今でも安い化粧品の香りがこびりついているようで、あまり居心地のいい空間ではなかったからだ。その点、狭いが寝起きに選んだ部屋は前の住人が几帳面《きちょうめん》だったのだろう。強烈な生活臭もなく、雰囲気はまぁまぁ快適だった。

「……吹雪。おい、吹雪。まだいるのか？」

一応ドアの前で声をかけてみたが、案の定返事はない。中へ足を踏み入れたところ、彼がベッドで寝た形跡だけはちゃんと残っていた。レンはしばらく無人のベッドを見つめ、おもむろにその端へ腰を下ろしてみる。古いスプリングがいつもと変わらぬ不快な音をたて、その感触の悪さに思わず微笑んだ。

「ちゃんと消えたか……」

膝《ひざ》の上で両手の指を組み、ゆっくりと朝方のキスを思い出す。

軽い嫌がらせにすぎなかったのに、何をきっかけにああまで夢中にさせられたのか。酒が入っていたわけでなし、説明しろと言われたら何もレンには言い返せない。もし、あのまま吹雪が拒絶しなかったら、間違いなく彼を抱いていただろう。そうして、今頃同じようにベッドの上で指を組み、愕然《がくぜん》としていたに違いない。男と寝た事実にではなく、自然な流れでそうしてしまった自分が信じられなくて。

そうだ。それでも、新しい発見が一つだけあった。

男とするキスも、相手次第だということだ。

「坂下には、高岡からきつく灸《きゅう》をすえさせておいた。当分はおとなしいだろう」

「……面倒かけて、すみませんでした」

ブラインドを下ろした窓を背に、柚木は頭を下げるレンを静かに見つめている。一方の椿は部屋の中央に置かれた北欧製のソファに座り、退屈そうに車の雑誌をめくっていた。

柚木専用のこの事務所には、他の和泉会組員の出入りがほとんどない。そのせいか、雰囲気だけはとてもヤクザの根城のようには見えなかった。柚木が揃えたという室内のインテリアは上等だがシンプルなデザインが多く、逆に落ち着かないと組内では不評なのだそうだ。

実際、和泉会の事務所は別の雑居ビルにちゃんとある。だが、柚木は独立したこの部屋を会長からじかに与えられていた。組最年少の一幹部の待遇としては、破格の扱いもいいところだろう。現実には「与えられた」というのは名目だけで、家賃から何から金は全て柚木の懐《ふところ》から出ているのだが、お陰でずいぶん動きやすくなったともっぱらの評判だった。

（……おいおい）

レンが頭を上げた頃には、すでに柚木の関心は卓上のＰＣに移っている。邪魔をしないようソファまで下がり、挨拶をして帰ろうかと思っていたら、不意に椿が雑誌を放り出した。

「おい、レン。昨日はケチがついたんで、俺たちは結局飲み直して朝帰りだ」

「……すみません。気をつけてるんですけど、坂下ってそんなに俺たちが目障りなんですかね。いくら設楽さんがバックにいてくれても、しょっちゅう日本人キャッチに絡まれますよ」

「それだけ、おまえらが儲けてるってことだ。妬《ねた》まれてんだよ。ま、無理もねぇか。この数年で店を構えた人間の、三分の二がアジア系の外国人だ。おまえらの客の方が、圧倒的に多いんだよ」

「俺、柚木さんや椿さんの方程式は好きですね。合理的で、無駄がない」

「おうよ。妬まれてるぜぇ、俺たちも」

答える椿の声は、実に楽しそうだ。レンと幾つも年は変わらないはずなのに、まるで生まれ落ちた瞬間から他人に命令する側であることを知っていたかのような顔だった。

彼らが所属する和泉会は、国内最大手の暴力団Y組系の中堅どころだが、傘下の内でも群を抜いて高い資金力を誇っている。その核を担っているのが柚木と彼の右腕と言われる椿で、彼らの組内での評価ははじき出す金額に比例して年々高まる一方だった。

だからと言って、二人の腕っぷしが立たないというわけではない。柚木が自分で動くことはほとんどなかったが、少なくとも椿の武勇伝はいくら語っても足りないほどで、この街へ流れ着いて柚木に拾われるまで一体何人殺してきたんだろうかと真顔で噂されているような男だった。

エリート然とした冷ややかな柚木と、野性味溢《あふ》れる激しい椿。

見た目は対照的な二人だが、底知れない闇を抱えている点で彼らは同じ種類の人間だ。お互いそれをわかっているからこそ、無駄に争うよりも相手と手を組む方を選んだのだろう。

「あの、椿さんから王には……」

「朝イチで電話入れておいたぜ。しかし、王って奴は一体いつ寝てんだ？　いつ電話しても、元気な声で張り切って出やがる。やっぱ、揺頭丸《ヤオトウワン》ってのは効くのか？」

「王は、覚醒剤はやりませんよ。彼は鉄人なんです。この後で連絡を取って、一緒に設楽さんのところへも挨拶に行ってきます。いろいろ迷惑かけちゃったんで」

「気にすんな。高岡に嫌味たれる絶好のチャンスだかんな、腹ん中じゃ大喜びさ」

「……レン」

てっきり仕事に戻ったと思っていた柚木が、穏やかに口を挟んでくる。

「金は使うな。設楽が余計な味を覚える」

「こ……心得てます」

「いいか、くれぐれも蟻をたからせるなよ」

「…………」

言葉だけはヤクザだが、そのトーンはどこぞの官僚かと疑いたくなるような優雅さだ。この世界に入ったばかりの頃、柚木はよくサラリーマンや銀行員に間違われたと聞いたが、もはやそのレベルではなくなりつつあった。彼の周囲で唯一呼び捨てを許されている椿だけがケラケラと笑い声をたて、「殺生なこと言うなって」と気安く言い返す。

「華僑《かきょう》の金持ちは、何かっつーと金をバラまきたがるもんなんだよ。王だって、いい加減案内人なんて引退して、まっとうな事業でも立ち上げていい時期だぜ。もちろん、そん時はウチがたっぷり融資してやるからそう言っとけよ。……ところで」

「はい？」

「あの雑種、どうした？　おとなしく犬小屋に帰ったか？」

「ふ……吹雪のことですか」

思わずドキンと心臓が鳴り、レンは動揺を顔に出すまいとした。別に知られてまずいような『何か』があるわけじゃなし、家まで押しかけられて迷惑したと笑い話にすればいいだけなのだが、椿が珍しく入れ込んでいる様子なのが少し不安になったのだ。

椿が気に留めるということは、イコール柚木が吹雪を気にかけているという意味になる。場違いな素人の若者が悪質なキャッチとモメるなんて日常茶飯事のことなのに、吹雪に限って何故彼らはこだわるのだろう。

「あの、彼が他にも何か……」

「柚木はな、幽霊と闘ってんだよ」

「――椿」

「……ていうのは冗談で、あいつ貴島《きじま》んとこに現れたって話だからさ」

凍りつくような柚木の一言で、あっさり椿は前言を撤回する。彼らのやり取りはさっぱり意味がわからなかったが、吹雪が貴島に会いに行ったという事実は驚きだった。

「貴島って、あの貴島ですか？　吹雪があいつに？」

「その様子じゃ、おまえも知らなかったみたいだなぁ」

「あ……まぁ、俺は朝方別れたきりだったんで……」

「なんにせよ、あれぁ単なる迷子ってわけでもなさそうだ。柚木も俺も忙しい。これも何かの縁だと思って、奴がこの界隈《かいわい》をウロチョロするつもりならおまえが首輪をつけてやるんだな。そうそう吠えたてられても困るからよ」

椿は笑ってそう言うと、青ざめたレンの表情を殊更愉快そうに見上げた。


(首輪つけるったって、どこにいるかもわかんないんだぞ……)

険しい顔で柚木の事務所を後にしたレンは、とりあえず貴島が経営する小さなスタジオへと足を向けた。貴島の父親が店を開いた当初は普通のカメラ屋だったのだが、街の変化と共にすっかり様変わりをし、現在はキャバクラ嬢やホストたちのポスターやブロマイドを専門に撮るスタジオに切り替っている。かつて七五三や結婚式の写真が飾られていたショーウィンドウには、売り出し中の風俗嬢や若いホストたちのPCで加工されたブロマイドが、まるでテレクラのチラシのようにベタベタと飾られていた。

「……ちわ」

「あっれぇ、レンじゃないか。珍しいね、名刺もう切れた？」

「いや、そうじゃなくて……ちょっとな」

「悪いけど、少し待っててくれる。エリナちゃん、来週店でバースデイパーティやるんだよ」

デジカメを手に振り向く貴島の向こうでは、半年間個人売上げトップをキープし続けているキャバクラ嬢のエリナが、アイドルのようなポーズを幾つも取っている。当日お祝いに来てくれたお客に配る予定の、ミニポスターを撮っているのだ。こういう場合、露骨なセクシー路線でいくより、アイドルぶった物の方が好評なんだそうだ。

エリナは撮影の合間に、レンに向かってさりげなくアプローチを仕掛けてくる。レンはこの界隈のスれたホストよりもよっぽど顔が良かったし、二十六という年齢に相応《ふさわ》しい落ち着きも身に付けていたので、風俗や水商売の女の子たちからも人気は高かった。おまけに、決まった恋人を作らないという点が余計にそそるらしい。誘われればそれなりに遊ぶが、そこから恋愛関係に発展した例は生憎と一つもなかった。場末の街で必死に生きる彼女たちを愛しいとは思うが、愛想笑いや上面《うわっつら》だけの言葉で築いた関係なんて、レンはまったく信用していない。けれど、誰一人としてレンの優しさや笑顔の裏など考えもしないのだった。

（それに、今は厄介事が増えたしな……）

一体、どこの誰が貴島に会うことを吹雪に勧めたのだろう。文無しに近い彼を貴島が相手にするとは思えなかったが、こうして柚木のところまで動向が筒抜けなのは、吹雪の存在がまた違った意味を持ち始めたということだ。椿の言う「首輪」とは、暗にレンと吹雪が一蓮托生だと言っているようなもので、つくづく面倒なことになったと思わざるを得なかった。


「さて……と、なんか飲むか？」

エリナが帰り、ようやく二人きりで話せる時間が取れた。

貴島は簡易キッチンから呑気《のんき》に声をかけ、レンが答える前にさっさとエスプレッソの用意を始める。下戸《げこ》の彼は、カフェイン以外の飲み物を滅多に口にしないのだ。その割には飲み屋でよく遭遇するのだが、どうやら店の女の子が目当てらしい。ちらりと聞いた話では、バツイチで娘は妻が引き取っているとのことだったが、名門の私立小学校に通わせているので養育費がバカにならないそうだ。

「待たせて悪かったな。エリナ、今度のパーティで三百万売り上げるって鼻息荒いんだよ」

「最近、新人の純奈《じゅんな》が追い上げてるからね。広島弁がウケてるらしいよ」

「さすが、男前は違うね。俺より詳しいや」

からかうような口をきき、ほらとデミタスカップを差し出される。本当はエスプレッソは苦手なのだが、レンは勧められたものは絶対に断らないようにしていた。そんな些細《ささい》なことで心を開く人間が、けっこうこの街には多いのだ。

「レン、本当に恋人いないのか？　さっきだって、エリナがだいぶ色目使ってただろ」

「貴島さん、いつから恋人斡旋《あっせん》も始めたの。面倒だから、いらないよ」

「その面で言うから、憎らしいよなぁ」

ひといきにカップを傾け、貴島は人の好《よ》い笑顔で呟いた。

貴島岳彦《たけひこ》はレンより十歳ほど年長で、本来は野鳥を専門に撮るカメラマンだったという。ところが、離婚を機に実家へ戻ってみれば店は閉店寸前で借金だらけ。なんとか立て直しは出来ないものかと考え、思いついたのが今の仕事というわけだ。彼の目論見《もくろみ》は成功したが両親が相次いで亡くなったこともあり、結局この街に留《とど》まってもう十年になる。レンも知り合いの中国人ホステスや風俗嬢には、ここで営業写真を撮影してもらうようにと勧めているが、お陰で今やカタコトの北京語なら話せるようになったと貴島は笑っていた。

「そういや、レンが流れてくる前だけどさ。いい女が、この街のキャバクラにもいたんだぜ。俺の馴染みだったんだけど、生憎と年下のヒモが付いててよ。やっと別れたと思った途端、田舎に帰っちまった。とびきりの美女じゃなかったが、あったかい感じの女だったなぁ」

「……貴島さん。俺が今日聞きたいのは、女じゃなくて男の話なんだ。二十歳そこそこの若い男が、今日あんたを訪ねて来ただろう？　一体、何を訊いてきた？」

「おいおい、いきなり色気が吹っ飛ぶようなこと言うなよ。若い男って、誰の話だ？」

「とぼけないでくれ。こっちは、椿さんからちゃんと聞いたんだ。あいつ、俺にも何か尋ねたそうにしてた。相手にしなかったら、坂下んとこのキャッチに引っかかりやがって」

「ああ、その件なら知ってるよ。あわや……ってとこで、柚木さんが出てきたんだろ」

サラリと言い返されて、レンは忌《い》ま忌《い》ましげな顔になる。気のせいか、貴島の目付きがいくぶん鋭さを増した気がした。こちらの反応から、何か新しいネタが摑めないかと舌なめずりをしているようにも見える。

そう、これが彼のもう一つの顔なのだ。いつから始めたのか知らないが、貴島は『情報屋』として裏の世界の人間に重宝がられている男だった。

「なんだか、おかしな感じだな」

興味深そうな声音で、貴島は繁々と物珍しげな視線を送る。

「レンが、他人の話で目の色変えるなんてなぁ。俺が知る限り、初めてじゃないか」

「うるさいな」

「その若い男って、細身で気が強そうな……ちょっと毛色の変わった奴だろ？　黙って立ってればなかなかの男前なのに、言うことがいちいち生意気で」

「ああ。話している間に、段々調子が狂ってきて……なんだ、やっぱり来たんじゃないか」

「来たって言ってもさ、金持ってないって言うんだぜ？　後払いで頼むとか言いやがるし、冗談じゃないってすぐ追い返したよ。だから、悪いけど何も奴には売ってないね」

「なんの情報を買いに来たんだ？」

続けて問い詰めたが、ヒョイと肩をすくめて沈黙される。もちろん、無料で依頼内容を漏らすわけもなかったので、レンもそれ以上しつこく追及はしなかった。吹雪の思惑が気にかかるのは本当だが、金を出す価値まであるのかどうかはまだわからない。第一、そこまで入れ込んでいるのかと貴島に誤解されるのは少し癪《しゃく》だった。

すっかり冷たくなったエスプレッソを無理に喉へ流し込んで、レンはもう一度口を開く。

「……あんたのこと、どこから聞いてきたんだろうな」

「え？」

「普通のカメラ屋じゃないってさ。そんなの、裏の人間じゃなきゃ知らないことだろ」

「そりゃ、どうだかね。レン、あんただって最初にこの街へ来た時、真っ直ぐ俺を訪ねてきたじゃないか。まぁ、おまえの場合はちょっと特別だったけどさ」

「…………」

「響《ひびき》、まだ行方知れずなのか？」

「……ああ」

「そうか。でも、あいつのことだ。思い出したように、また連絡してくるさ」

貴島が気軽に口にする名前は、レンにとって不用意に触れて欲しくない部分だ。それでも、最近では滅多に話題を振ってきたりはしなかったので、今日は少し油断していた。

「ごちそうさま」

空のカップを突き返し、これ以上不愉快になる前にさっさと退散することにする。それでも、店を出るまで無難な笑みを崩さなかった点だけは、我ながら感心ものだった。同時に、すっかり『案内人』の顔が張り付いてしまったな、と一抹《いちまつ》の空《むな》しさが胸を襲う。なんだか、笑顔が完璧に近づけば近づくほど中身が空っぽになっていく気がした。

スタジオを後にして外へ出ると、もうすっかり暗くなっていた。レンは王の携帯電話に連絡を入れ、一時間後に彼が贔屓《ひいき》にしている『銀龍《ぎんりゅう》』というレストランで落ち合う段取りをつける。昨夜の件はレンにまったく非はなかったので、気にするなと慰められた。王は案内人のリーダーとして海千山千の修羅場をくぐり抜けてきた男だが、こうして何かにつけて親切にしてくれる。この街へ来たばかりで職を探していた時も、案内人にならないかと彼から誘いをかけてくれた。

「黙って立ってれば……か。誰でも同じこと思うんだな」

夕闇に包まれながら、貴島のセリフを反芻《はんすう》する。

優しげで面倒みのよさそうな風貌《ふうぼう》と柔らかな声を巧みに操るせいで、貴島を慕っている若者は男女問わずに意外と多い。仕事で知り合った水商売、風俗嬢、ホストなどから、金銭の絡まない相談相手として人気があるし、中には説教や叱られたりするのを喜ぶような淋《さび》しい子もいるのだ。

そういう人間からポロリと零れる秘密を、貴島はそっと溜《た》め込んでいく。他人の借金、意外な性癖、後ろ暗い過去。そんな糸口から独自に新たな情報を調べだし、それを金で売買するのだ。レンは彼のそんな手口を嫌悪していたが、貴島のような存在もまたこの街では必要なのだろう。

「それにしても……吹雪の奴、どこ行ったんだか……」

気がつけば、さっきから独り言が日本語になっている。

レンはハッと唇を閉じ、気まずい表情で歩調を速めた。火がつくほど貪《むさぼ》った唇の感触が、緩んだ気持ちの隙間から蘇《よみがえ》る。思わず下唇を噛《か》むと、「悪食だね」と笑った吹雪の顔が鮮やかに浮かんだ。

王と一緒に銀龍で早めの夕食を取り、設楽のいる和泉会の事務所へ顔を出したレンは、そのまま定位置の通りへ向かうことにした。吹雪が戻っているとは思わなかったが、万一にでも家で顔を合わせるのを避けたかったからだ。つい先刻までその行方を案じていたくせに、結局は関わるのに二の足を踏んでしまう。

いっそ、このまま消えてくれればいいのにと、溜め息混じりに考えたりもした。他人の面倒をみるほどヒマじゃないし、吹雪といるとペースがどんどん狂ってくる。かつて味わったことのない戸惑いは、決して嫌悪から生まれたものではないだけ余計に厄介だった。

（なんだかなぁ……落ち着かねぇったら……）

愛想笑いで明るく通行人に呼びかけるレンを見て、頭の中では「なんだかなぁ」の一言だけが、実際は相手が足を止めようが無視しようが、誰も上の空だとは思わないだろう。だがずっとくり返されていた。おまけに、吹雪と似た年格好の人間を見かけると、商売にならないとわかっていても無意識に声をかけてしまう。さすがに数件の案内をこなす内に平常心を取り戻してきたが、熱い缶コーヒーを差し入れにきた仲間からは、時々声が引っ繰り返ってるとからかわれた。

（あいつ、本当は俺に何を訊きたかったんだ……？）

場慣れた様子で人込みを泳いでいきながら、素面《しらふ》でキャッチに捕まるマヌケな奴。男に組み敷かれても平然と腕を伸ばしてきたくせに、キスにはぎこちなさが溢れている。

何もかも、読み通りにいかない。

表情の裏が見抜けない。

癖の強い人物など柚木を筆頭にゴマンと見てきたレンだが、吹雪はまた彼らとは異質だった。あるいは、単なる軽薄さを自分が深読みしているだけなのだろうか。いずれにせよ彼に興味を引かれているのは事実だったし、不本意ながらそのことは認めざるをえなかった。

（貴島のところで、何を知ろうとしてたんだ……）

ふと見せる艶に驚くこともあるが、吹雪はいたって普通の青年だ。だが、年相応に成長した顔立ちに時折少年の面影も見られるせいか、レンには「吹雪という生き物」でしかないという感じがする。擦り傷だらけの指で頬に触れられた時、確かにレンはぞくっとした。なんでもない仕種《しぐさ》だったのに、ありもしない意味を探りたくなるような空気がそこにあった。

（――吹雪……）

今まで、レンが守ってきたのは『自分』だった。他人は、外の世界からやってくる『お客』に過ぎず、そういう意味では今の商売となんら変わりはない。亡くなった養父母への感謝の念や情は持ち合わせているつもりだが、それは自然に生まれた感情とは微妙に種類が違う。

それが、レンの人生だった。たった二十六年とはいえ、価値観はすでに定まっている。

それなのに。

僅か半日の間に、吹雪だけがレンの『お客』ではなくなっていた。

鍵を差し込もうとしたら、その振動でドアがゆっくりと開いた。

「……いよいよ限界だな。さすがに、毎回鍵がかからないってのも……」

小難しい顔になりながら冷え切った身体で店内に入ると、床に散らばったガラスの欠片が歩く度に細かな音をたてる。泥棒よけにはなるか、と勝手に納得をして、そのまま階段をそろそろと昇った。だが、こちらの気配を消すまでもなく二階に人気《ひとけ》はないようだ。思わずホッと息をつきながら、さっきから自分は何を緊張しているのだろうと、レンは軽い自己嫌悪に陥った。

「鍵、明日には大家に……」

言わないと、と続けようとした途端、言葉が溜め息に変わっていく。なんだか、ひどく疲れていた。青白い蛍光灯が室内を照らし、昼間から様子が何も変わっていないのを確認したレンは、とりあえずコートを脱いでハンガーにかける。ついでに壁の時計を見ると、まだ夜中の二時前だった。今週後半は頑張って稼がないと、少し厳しいかもしれない。

「ヤクザのはしごは、さすがに疲れる……」

仰向《あおむ》けにベッドへ倒れ込み、目まぐるしかった一日を思い返す。柚木の事務所と和泉会の本部を訪ねるだけで、三日は寿命が縮む思いだった。おまけに、仕事をしながら考えていたのは吹雪のことばかりだ。着替える気力もなく、レンはそのまま目を閉じた。

レンたちのシマも坂下の店もケツ持ちは同じ和泉会だが、集金の担当は違っている。坂下のバックは高岡というズル賢い男で、なんだかんだと小遣いをたかられてもいるようだ。一方、柚木直属の設楽はまだ若く、最近増えてきた一見カタギと変わらない外見を持つ男だった。もっとも、キレたら怖いのはえてしてこういうタイプの方だから、レンも王も極力彼には気を使っている。いくらこちらに非がないと言っても、やはり事務所で対峙《たいじ》すれば緊張するのは当然だった。

「それもこれも全部……吹雪、てめぇのせいなんだぞ……」

深々と何度目かの溜め息をつき、四肢を思い切りベッドの上に伸ばす。安物のシングルベッドは長身のレンには小さく、伸びでもしようものならすぐはみ出してしまう狭さだったが、一番自分が安らげる場所には間違いなかった。

「……寝てんの？」

不意に、耳元で小さな声がそうささやく。

「寝しなに俺の名前呼ぶなんて、可愛い男だなぁ」

「てめっ！　吹雪っ！」

ガバッと勢いつけて起き上がろうとした瞬間、額《ひたい》に強烈な痛みが走った。瞼《まぶた》の奥で星が光り、レンは声もなく再びベッドへ倒れ込む。あまりの痛さにすぐには声が出ず、ズキズキ痛む箇所を左手で押さえていたら、傍らの床の方から「いってぇ〜……」と悲痛な呟きが聞こえてきた。

「いきなり、飛び起きんなよ……。まともに、頭突き食らったじゃねぇか……」

「バカ野郎、それはこっちのセリフだっ。くっそ、顔に傷でもできてみろ。おまえのこと、営業妨害でヤキ入れてやっからな……っ」

「営業妨害？　ああ、そうか。あんたって、見た目にかなり気合い入れてるもんな。だから、他のキャッチと全然違って見えたんだし。金かけてるくせにホストみたいな崩れたとこがないから、そういう奴って珍しいなって、最初に見た時に思ったよ」

「生意気に、他人の批評なんかしてんじゃねぇよ」

はぁ……と一つ息をつき、ようやくレンは上半身を起こす。どうやら、こっそり顔を近づけていた吹雪と、そうとは知らずに額同士をぶつけてしまったようだ。ふと下を見ると、ベッドに背中を預けるような格好で、吹雪は両足を投げ出してぐったりと俯いていた。

「おい……大丈夫かよ」

速攻でへらず口を叩かれたので気にしなかったが、衝突のダメージは吹雪も同じだったはずだ。恐る恐る声をかけてみると、パッと顔だけを仰向けにしてこちらを逆さまに睨みつけてきた。

「――舐めて」

「は?」

「あんたがぶつけてきたせいで、左目の上が痛むんだけど」

「だからって、なんで俺が舐めなきゃなんねぇんだよっ。それよか、おまえ今まで……っ」

「知らないの? 擦り傷って、ツバつけときゃ治るんだよ。ガキん時も、そうやって治してもらったんだ」

「……俺は、おまえのお袋じゃない」

思い切り渋い顔をしてやると、ふっと吹雪の表情が和らいだ。きつかった目許が明るい輝きを見せ、人なつこそうな笑みがゆっくりと唇の両端に浮かび上がる。レンは柄にもなくドギマギして、慌てて彼から視線を外そうとしたが、何故かそれができなかった。

まったく……と、胸で溜め息をつく。今日一日どこで何をしているのかとさんざん人を悩ませたくせに、少しも悪びれることなく戻ってきやがった。

本当に、犬みたいな奴だ。

上と下で視線を合わせたまま、レンは呆れて呟いた。

「あのな、吹雪……」

「わかってるって。もちろん、あんたは俺のお袋なんかじゃない」

吹雪は、誘うように唇を開く。

「第一、お袋とキスなんてしないからな」

「おまえ……」

「前を通ったんだ。そしたら、二階に明かりがついてるのが見えた。本当は金だけ置いていくつもりだったんだけど、レンが帰ってるって思ったらちょっと嬉《うれ》しくなってさ。おまけに、驚かそうと思ってそっと近づいたら、俺の名前なんか呼んでるし。面白いな、あんたって。

そんなに、俺に会いたかったた？」

「自惚《うぬぼ》れてんじゃねぇよ」

返す返すも、聞かれたのはまずかった。

きっぱり否定できないのが悔しくて、レンの声はますます無愛想になる。

「言っただろう、迷惑なんだって」

「でもさ……」

「――黙ってろ」

レンは静かに身を乗り出すと、吹雪の左目の瞼に温《ぬる》い舌先をそっと押しつけた。

ゆっくりと、赤く擦れた部分を舐め上げる。幸い大した傷ではないようだったが、間近で見つめている内に、左目の目尻に古い傷痕《きずあと》があることに気がついた。

(目尻に傷痕……か……――)

一瞬、舌の動きを止めて、レンは薄く色の変わった小さな傷を凝視する。昨夜、坂下の店でつけられた傷もまだ生々しく残ってはいたが、それとは別にかなり昔に作ったものらしい。こうして接近するまで、ほとんど気づかなかった。

(こいつって、案外殴られ慣れてんのかもしれないな)

ふとそんな風に思ってしまったのは、怪我などどこ吹く風といった様子で吹雪が心地好さそうに目を閉じているからだ。無言で続きをせがまれている気がして、こそばゆい感覚がレンの身体をじんわりと侵食した。同時に、口で言うほど自分が彼を迷惑がっていない事実に内心苦笑する。今は単なる雑種だが、もう数年育ったらきっと「凜々《りり》しい」という言葉の相応しい青年に育つだろう。吹雪の生意気な顔を観察しながら、レンはそんな風に考えた。

「なぁ……」

「ん？」

「タバコ、吸うんだ？　日に染みたよ」

吹雪は薄く目を開き、契約完了した詐欺師のように笑う。

「まぁ、いいや。それくらい、我慢しなきゃな。なんせ、しばらく世話になるんだし」

「世話？　何言ってんだ、おまえ……」

「だから、さっき言っただろ？　泊めてもらった礼に、金だけ置いていくつもりだったって。だけど、気が変わったよ。あんた、俺の傷舐めてくれたもんな。だから、きっとあんたの側《そば》が俺にとっては一番安全な場所なんだ。少なくとも、しばらくはね」

突然の展開に面食らうレンをよそに、吹雪は満足そうな顔で断言した。

「そういうわけで、よろしくな」

「……おい。頼むから、もう少し俺にわかるように話してくれ。大体、なんで俺がおまえを同居させなきゃならないんだよ？　しかも、何一人で決めてんだっ」

「あれ？　今のセリフで、納得しない？」

「してたまるかっ！」

素早くベッドから降りると、吹雪の正面に回って彼を引っ張り起こそうとする。だが、まるで根が生えたように吹雪はその場から動かず、逆にレンの腕を摑んで自分の方へ引き寄せようとした。不意を突かれたレンはバランスを崩し、うっかり床に片膝をつく。焦って腕を振り払おうとした次の瞬間、視界に束ねた一万円札が飛び込んできた。

「これ……」

「とりあえず、十万ある。また稼いでくるから、当座はこれで手を打って」

「稼ぐって……何してきたんだ？　たった一日でこれだけの金を、どうやって作ったんだよ？」

「いいじゃないか、そんなことはどうでも。俺、しばらくこの街にいる予定だから。そしたら、どうしたって金と宿は必要だろ。大丈夫、レンに迷惑はかけないよ。あんたは、俺にしばらく屋根を貸してくれればそれでいい」

「じゃ、質問を変える」

このままでは埒《らち》が明かないと、金を挟んで吹雪と睨み合う。

「どうして俺なんだ？　俺に何を訊こうとした？　確か、将棋がどうとか言ってたよな」

「…………」

「答えろ。屋根を貸すかどうかは、おまえの返答次第だ。それと、一つだけ注意しておく。おまえが考えているほど、この街は甘かないんだ。現に、柚木さんと椿さんはおまえが街に残るだろうと踏んで、俺に目を離すなと言ってきた。貴島のところを訪ねたのが、ネックになったんだ。そうでなかったら、キャッチとモメただけの素人に彼らがこだわるわけがない。そうだろ？」

「質問は、一つだけにしてくんないかな」

一万円札の束を団扇《うちわ》のように揺らしながら、ふて腐れた声音で吹雪は言った。

「レンが本当に知りたいのは、どっちなんだよ。あんたを選んだ理由か、それとも俺がこの街へ来た目的か。まず、それをはっきりさせようぜ。一つだけなら、今すぐ答える」

「一つ……」

「でも、訊かなくたってわかってるよ」

自信たっぷりな様子で、吹雪が顔を近づけてきた。すぐ間近で目と目が合い、うっかり魅《ひ》き込まれそうになりかけて表情を強張《こわば》らせる。どんなに人を煙《けむ》に巻いたつもりでも、よそ者がこの街で簡単に生きていけるものか。そう心で毒づこうとして、「外国人」の自分がそれを言う資格などないことに気がついた。

吹雪は、鼻先をくっつけんばかりにして言った。

「訊きたいのは、あんたを選んだ理由の方だろ？」

「……もういい。そんなの、知ったって無駄だ」

レンは、すげなく顔を背ける。

悔しいが、彼の言葉は正解だった。

レンと吹雪の、奇妙な共同生活が始まった。

夜型のレンは午後遅くに起きだし、シャワーを浴びたり身仕度を整えたりして夕方六時過ぎには家を出ていく。戻るのは早くて午前二時か三時、仕事は一時までと一応ラインは引いているが、金になりそうな観光客をハシゴで案内することもあるし、仲間との付き合いだってあるからだ。たまには設楽の機嫌を取って、贔屓のクラブへお供をする時もあった。レンが顔を見せると店の女の子が喜んで集まるため、初めは設楽も「俺は引き立て役かよ」と文句を言っていたが、如才ないホステスたちに持ち上げられるとすぐご機嫌になるのだ。

一方、吹雪の生活は不規則そのものだった。朝まで帰らないこともあれば、一日中部屋に閉じこもっている日もある。そんな時は、本もテレビもない部屋で何をしていたんだろうとレンは首をかしげることもしばしばだった。出かける時間は大概午後遅くか夕方で、大金を持って早く帰ってきたり、明け方近くに憔悴《しょうすい》した様子で戻ってきたりする。だが、どんな場合でも外出した時は必ずまとまった額の金を持ち帰ってくるのだった。

「おまえ、一体何やってんだよ」

二週間ほどそんな日々が続き、レンはとうとう痺れを切らしてそう尋ねてみた。

「まさか、マジでウリでもやってんじゃないだろうな」

「ウリって……ああ、身体のこと？」

遅い昼食用にテイクアウトで買ってきた中華料理を床に並べ、吹雪は面倒そうに答える。恐らく、頭の中は好物の五目焼きそばで一杯なんだろう。レンもよく利用するこのファストフードは、設楽の妻である上海人の女性が経営している。使い捨ての器は安っぽいが、味は人気の中華レストランに勝るとも劣らない美味《うま》さだった。

「そういや、通りを歩いてると妙なオッサンがよく声かけてくるな。でも、残念ながらしてないよ」

「じゃ、クスリか？　おまえ、モグリでやってると和泉会からえらい目に合わされるぞ」

「売るんじゃなくて、買わないかって言われたことならあるよ。でも、興味ないし」

「だったら、賭事だな」

レンが断言すると、さすがにおかしくなったのか吹雪が短く吹き出す。ふざけてる場合じゃないだろうと怒鳴りつけたいところだったが、レンは努めて冷静に問いただした。

「おまえが持って帰る金額は、毎回数万単位だ。普通のバイトなんかで稼げる額じゃない。一体、どこの店に出入りしてるんだ？　カジノか、雀荘か？」

「違うよ、そんなことしてないって」

「まさか……イカサマやってんじゃないだろうな」

「あのなぁっ」

なかなか食事を楽しませてもらえない吹雪は、とうとう癇癪《かんしゃく》を起こす。

「なんなんだよ、さっきからしつこいなっ。あんた、俺の保護者？　金は払ってんだから、いちいち細かいこと突っ込むなって。それよか、メシ……」

「保護者だと？　ふざけんなっ。てめぇが何か問題起こしたら、こっちまで火の粉が降りかかるっつってんだよっ。誰が、好き好んで駄犬の心配なんかするかっ」

「……ひっでぇ。俺、猫の方が好きなのに」

「おまえが居候を決め込んでから二週間、その間に俺に渡した金額がトータルで五十万近くになる。無一文に近かった奴が、どんな魔法を使ったら金が湧《わ》き出てくるって言うんだ」

ふざけた軽口など相手にせず、レンは厳しい顔つきで詰め寄った。だが、吹雪はすぐに元ののらくらした態度に逆戻りし、「う～ん……競馬とかパチンコとか？」などとうそぶいている。頭に来たレンは、吹雪が手にした五目焼きそばの皿を横から無理やり取り上げた。

「何すんだよっ」

「人が話をしてるのに、呑気にメシ食ってる場合か」

「じゃあ、いいよ。カニ天津飯にするから」

「……吹雪……」

呆れ返った声音でレンが呟くと、器に伸ばしかけた手がピタリと止まる。不思議なことに、普段は減らず口ばかり叩いて好き放題にしているくせに、たまにレンが真面目に厳しい声を出すと吹雪は渋々とおとなしくなるのだった。そういうところは可愛いんだけどな、とつい気持ちが緩みそうになり、レンは努めて険しい顔を作る。そんな小細工をする自分が、また不思議でもあった。

二人はしばらく無言でいたが、やがて吹雪の方が先に音を上げる。彼は拗ねた子どものように立てた両膝を抱えると、ふて腐れた顔で呟いた。

「腹、減った……」

「ガキか、おまえはっ」

「食うもん食わなきゃ、力も出ないだろっ。それでなくても、毎晩ソファで寝かされて身体中ギシギシ言ってんだからなっ。レンはいいよ、ベッドで気持ちよさそうにしててさ。俺が出ていく時に声をかけたって、眠りこけてろくに返事もしやしないくせに」

「バカやろっ。何、反抗期の小学生みたいなことヌカしてやがんだっ」

挑発的な物言いにつられ、レンの言葉も次第に乱暴になっていく。いい年して何をムキになってるんだと思いながらも、つい次から次へと文句をつけたくなってしまうのだ。

後から冷静になってみれば、子どもじみた会話の内容に赤面することも多かったが、レンも吹雪もくだらないやり取りをどこか楽しんでいるフシがあった。少なくとも、レンは家族と軽口を叩き合うような環境では育たなかったせいか、気心の知れた身内と同居でも始めたような、なんとも言えない気分によく襲われる。このむずがゆい居心地の悪さを、なんて呼べばいいのだろう。そんなことを考えていると、他人から「何、ニヤニヤしてるんだよ」と突っ込まれるのも一度や二度ではなかった。その際に脳裏をよぎる吹雪の顔は、いつも甘く笑っていた。

「あのさぁ、レン。物は相談だけど」

拗ねるのにも飽きたのか、やや声音を和らげて吹雪がこちらを見る。

「俺、ここにもう一つベッド買っちゃダメかなぁ。ほら、ソファベッドにすれば場所だって取らないしさ。あ、そうだ。なんなら、レンのベッドも新調してやってもいいよ。どう?」

「人のベッドの心配までするなんて、偉くなったもんだな」

「そういうわけじゃ、ないけどさ……」

「ここは、俺の部屋だ。俺は、今の状態が気に入ってる。それに我慢できないなら、おまえが出ていけばいいだけの話だろう。いいか、俺は何もいてくださいってお願いしてるわけじゃないんだからな。なんなら五十万返すから、その金で引っ越したらどうだ?」

「……わかったよ。いいよ、このままで」

話しながら、いつの間にか吹雪は天津飯を口へ運んでいる。彼が積極的に部屋を借りようとしない理由の一つには、保証人がいないということがあった。もちろん、レンもそこまで面倒をみてやる気はないし、吹雪から頼んでくる気配もない。書類関係の問題に比べたら、ソファで寝起きする不自由さなど物の数ではないだろう。

「当分ここにいたかったら、勝手に部屋の家具をいじるなよ」

もう一度念を押し、レンは床から立ち上がる。今日は休みだったので、王の家で麻雀をやろうと誘われているのだ。約束の時間までまだだいぶあったが、吹雪の旺盛な食欲では自分の分まで回ってきそうにもなかったので、どこかで食事をしていくつもりだった。

「出かけるの？」

「ああ。おまえだって、食ったらそろそろ出かける時間だろ」

壁にかけていたコートへ手を伸ばすと、吹雪が口一杯に詰め込んだ焼きそばを慌てて飲み込んだ。それから、心なしか焦った様子で「なんか怒ってる？」と尋ねてきた。

「レンって、俺がベッドの話を持ち出すと必ず不機嫌になるもんな」

「……別に。他人からあれこれ言われたくないだけだ」

「もしかして、思い出すからだろ？　俺に、ベッドでキスしたこと」

「な……」

「だから、気まずいんじゃないの。そりゃ、そうだよな。男なんか相手にしたこともないくせに、下手な嘘ついちゃってさ。結局、俺のこと抱けなかったんだもんな」

「吹雪、おまえなぁ」

自分が怖じけづいてベッドから転げ落ちたのを棚に上げて、何を寝ぼけたことを言ってるんだ。思わずそう言いかけて、レンはハッと口をつぐんだ。こんな調子で相手をしていては、それこそ吹雪の思うツボだ。その証拠に、敵はなんて言い返してくるのかと、わくわくした顔で待っている。

「……ったく……」

怒るだけムダだと脱力して、代わりに無視を決め込むことにした。無言でコートを手に取り部屋から出て行こうとすると、吹雪はあからさまに狼狽《うろた》えている。多分、本気で怒ったとでも勘違いしたのだろう。

やがて彼は降参とでも言うように肩をすくめると、「わかったよ」と言った。

「わかったって……なんの話だ？」

「だからさ、レンは俺の金の出所が心配なんだろ。そんで、俺が買った物なんか部屋に置いておきたくないってわけだ。それなら、あんたに見せてやるよ」

「え？」

「知りたいんだろう、俺がどこで金を稼いでくるのか。だったら、俺が食い終わるまで少し待っててくれ。連れてってやるから。案内人のあんたさえ知らない、秘密の場所に」

「なんだって……」

絶句するレンを尻目《しりめ》に、吹雪は猛然と残りの食事をたいらげ始める。『享楽案内人』を始めて三年、この街のことなら表も裏もほぼ網羅していると思っていたのに、彼はそんな自分を「案内」すると言うのだ。軽い屈辱を覚えつつも、それ以上に大きな好奇心に負け、レンは言葉もなく吹雪の食べっぷりを見つめたのだった。

王との約束をキャンセルしたレンは、古い五階建ての雑居ビルの前で不可解な顔をする。ビルの持ち主は和泉会の会長で、確か彼が一番最初に建てた自社ビルだ。

「まさか、おまえこんなとこで働いてんのか？」

「こんなとこって、どういう意味だよ。テナントの人たちに失礼じゃないか」

「いや、そうじゃなくて……。ここ、風俗専門のビルだぞ。しかも、テナントの三分の一は開店休業状態で……」

そこまで言いかけて、レンは急いで口を閉じる。狭くて薄暗い出入口から、いかにもピンサロでございというきわどい格好の女性が二人、外へ出てきたからだ。照明を落とせばわからないだろうが、崩れた身体の線から二十代はとっくに越えているのがすぐに察せられた。

「俺だって、さすがにここらの店とは契約してないぞ……」

「何、ブツブツ言ってんだよ。俺、先に行ってるから、レンは後から来いよな。最初から俺の連れだってわかると、面倒が起きるかもしれないから」

「おい、どこへ行くんだよ」

ビルへ向かって歩き出した吹雪は、一度足を止めて呼びかけに振り返る。ニヤリと笑って親指で地面を指さした姿は、焼きそばをがっついていた人間と同じとは思えなかった。

「……地下か」

急いでビルの側面に並んだ看板に目を走らせたが、地下への案内など一件もない。そうこうしている内に吹雪はエレベーターの中に姿を消し、レンだけが狐《きつね》につままれたような気持ちでその場に残された。

「そんなにヤバそうな店、ここらにあったか……？」

仕事柄、新しい情報はすぐ耳に入ってくるはずだが、噂どころかビルの存在そのものがレンの守備範囲から外れている。大体、場所からして繁華街の端もいいところで、長年空き家のために「幽霊が出る」と噂されているボロい平屋が近くにあるくらいだ。

もちろん、人目を避けるという点では逆に理想的かもしれない。

だが、こんな寂れた場所にわけあり顔の連中がしょっちゅう出入りをしていたら、目立つことこの上ないだろう。やはり、木を隠すなら森の中の例え通り、ヤバめな商売は思い切りネオンを浴びている方が安心だ。

「だとしたら……なんなんだ……？」

吹雪が消えて十分ほどたったことだし、そろそろ行ってもいいかもしれない。

レンは好奇心で胸を一杯にしながら、すえた匂いの充満するエレベーターに乗り込んだ。

地下一階で扉が開いたが、廊下は真っ暗で何も見えない。どうやら、この階ではなさそうだと閉のボタンを押し、レンは更に地下へ潜っていった。

「吹雪の奴……なんかの引っかけだったら、承知しないからな」

五人で満員の小さなエレベーターは、レン一人を乗せたまま無愛想な音をたてて動き続ける。今時、覚醒剤の売買だって、こんな大仰にはやってないだろう。そう思うと、やたらと緊張している自分が少しおかしくなってきた。

「まさか、マジでクスリ関係なんじゃないだろうな……」

大小入り乱れて、二桁《けた》近い暴力団がこの街でシノギを削っている。言うまでもなく、その最大勢力が和泉会で、最近やたらと増えてきた東北系の中国マフィアと結託し、ほぼ独占状態で薬のルートを押さえていた。素人がそんなところへうっかり手を出したら、半日だって生き延びられやしないだろう。日本のヤクザは表立って派手な真似はしないが、中国のヤクザは福建省《ふっけんしょう》から流れてきたチンピラを使って、いくらでもえげつない事件を起こしている。

「いや、待て。あいつ、クスリには興味ないって言ってたし」

まさかな……と苦笑いで打ち消した時、チンと音をたててエレベーターが止まった。どうやらこの階は使われているようで、薄暗い照明の下、廊下の突き当たりから微かな物音が聞こえてくる。レンは誘われるように一歩外へ踏み出すと、真っ直ぐ音の漏れる部屋を目指して歩いていった。銀色のドアノブに手をかけ、僅かに躊躇した後で思い切ってドアを開ける。その途端、室内に立ち込める煙草の煙に全身を包まれ、思わず顔をしかめた。

「ここは……」

あまりに予想外な風景に、それきり先の言葉が続かない。

二十畳ほどのリノリウムの床に、古い畳が敷き詰められている。その上に一定間隔で置かれているのは、足付きの六寸盤だった。年齢も雰囲気もまちまちな男たちが、それらの盤で将棋の対局を行っている。中には、周囲に見物人がたかって白熱している所もあった。

「ふ……吹雪は……」

なんとか気を取り直し、周囲に視線をさ迷わせてみたが、吹雪の姿が見当たらない。もしや降りる場所を間違えたか、と不安になり始めた頃、一番人だかりの多い盤の辺りから感嘆にも似た溜め息が幾つも聞こえてきた。

直感であそこかと確信し、レンは慌てて靴を脱ぐ。受付とおぼしき机の脇に木製の古びた棚があり、昔の学習塾のようにズラリと客たちの靴が並んでいた。気後れしつつ目で探すと、その中に見覚えのある吹雪のスニーカーがある。レンが戸惑いがちに自分の革靴を隣に置いた時、背中を誰かにチョンチョンとつつかれた。

「よぉ、久しぶり。いつかは、来ると思ってたぜ」

「貴島さん……？」

振り返ったレンは、思いがけない人物の登場に驚く。情報屋の貴島が、どうしてこんな所にいるのだろう。しかも、彼はレンの来訪を予測していたような口ぶりだ。

「いつかって、それどういう意味なんだ。貴島さん、ここが何だか知ってるのか？」

「何って、見ての通り将棋を指す場所だよ。もっとも、今じゃ表通りからはすっかり消えちまったんで驚くのも無理ないけどな。俺がガキの頃は、この界隈も将棋会場だの碁会所だのって、ずいぶん盛んだったんだぜ」

「それは聞いたことあるけど……でも、どうして看板も出さずにビルの地下で……」

「もちろん、それなりの理由はあるさ」

納得いきかねるレンに、貴島は大サービスだとでも言うように笑いかける。

「この将棋会場はな、もともとビルを建てた当初から和泉会の会長が趣味で開いてたんだ。ほら、あのオヤジ有名な将棋好きだろう？　ただし、まともな人間がダラダラと将棋を指せる場所じゃない。いろいろ、おおっぴらにはできない勝負も行われてる。昔と違ってそういうアウトローな人間もだいぶ減ったから、ますます地下に潜る感じになったけどな。ま、それでも好きな奴はどっかから嗅ぎつけてくるみたいで、今でも口コミで出入りする人間は常にいるってわけだ」

「そういうことか……」

貴島の話は理解できるが、しかしそれと吹雪がどう結びつくというのだろう。確かに、彼は初めてレンに声をかけた時「将棋が」と口走った。だが、将棋会場なら日本にゴマンとあるわけだし、何も地下で隠れるようにして指さなくてもよさそうなものだ。

「わかってねぇな、レン」

不本意そうな様子を素早く見て取り、貴島は薄く笑った。

「けど、しょうがないか。うっかり忘れそうになるけど、おまえ日本人じゃねぇんだもんな」

「……それ、嫌味？　言っとくけど、日本の将棋は中国から来たんだぜ？」

「そういう意味じゃなくてさ。ちょっと昔までは、将棋の世界に真剣師ってのがいたんだよ。いわゆる、賭け将棋で食ってる奴らだな。日本の将棋界はプロになるのに上限があって、二十六を過ぎたらもうダメなんだ。真剣師には奨励会を途中でリタイアした奴もいるし、状況はいろいろだけどな」

「真剣師……そんなの聞いたことない……」

「当たり前さ。言っただろ、昔の話だって。そんでも、十年くらい前には一人二人生き残りがまだこの街にもいたんだけど、さすがに大手振って歩ける商売じゃねぇからな。段々将棋人気もすたれて指せる場所はなくなるし、警察の目も光りだしたってんでいつの間にか自然《しぜん》淘汰《とうた》されちまった」

成程《なるほど》、とレンはようやく合点がいった。この場所に集まっているのは、賭け将棋を楽しみにきている連中なのだ。吹雪は、ここでそんな奴らを相手に小遣い稼ぎをしていたのだろう。

「なぁ、貴島さん。どうして、俺が来るって思ったんだ？」

「そりゃ、おまえの同居人が活躍してるとこだからな。遅かれ早かれ、一度は顔を出すだろ」

「……そんなに、情が移ってるわけじゃない」

「どこの馬の骨ともわからない男に、無期限で軒を貸してやってるってか？　それが、情でなくてなんなんだよ。まぁ、そう尖りなさんなって」

「だったら、貴島さんはなんでここにいるんだ？」

「俺？」

自分で自分を指さし、貴島はとぼけた表情を作った。

「将棋を指しに来たんだよ、決まってるだろ」

「あんたが将棋好きだなんて、今まで聞いたことなかったけど」

「言わなかっただけだろ。昔は、ここにも何回か出入りしてたんだぜ」

貴島はそう応《こた》えると、そそくさと空いている盤へ向かう。ほどなく対戦相手が見つかったのか、恰幅《かっぷく》のいい親父が彼の正面によっこらと座った。

(昔は出入りしてただって？　マジかよ……)

なんとなく腑《ふ》に落ちないものを感じたが、今は貴島に構っている場合ではない。多少の引っかかりを残しつつ、レンは先ほど溜め息のあがっていた人だかりの方へ急いだ。

（やっぱり……）

予想した通り、人垣に囲まれて対戦しているのは、吹雪と四十代後半とおぼしき痩《や》せた小男だった。見かけは貧相だが目付きは鋭く、なかなか勝負に強そうな面構えをしている。

だが、それよりもレンを惹《ひ》きつけたのは、今まで見たことのない吹雪の冴《さ》えざえとした横顔だった。

（――こいつ、本当に吹雪か……？）

わかっていても、ついそんな疑問が込み上げてくる。

将棋盤の前で正座する人物は、確かに吹雪とよく似ていた。だが、もし「別人だよ」と言われたら、うっかり信じてしまったかもしれない。それくらい、彼を包む凜と張り詰めた空気には別格のオーラが漂っていた。

地下へ降りる間に、幾つも年を重ねてしまったような深い瞳。真っ直ぐ姿勢を伸ばし、相手の一手を微動だにせず待っているのに、黒目だけが何かを追うように目まぐるしく動いている。それは、恐らく彼が沈黙の内に何手も先を読んでいるからに違いない。

厳しい表情を彩る、きりりと引き結ばれた唇。初めて会った夜を彷彿《ほうふつ》とさせるその潔癖さは、ふざけたセリフなど冷たく一蹴《いっしゅう》するかのようだ。そこには、少し前まで自分と軽口を叩き合っていた面影すら残っていなかった。

（……どっちが勝ってるんだ？）

駒の配置を見ただけでは、疎いレンにはまるきり戦局が読めない。すると、ちょうど隣で観戦していた老人が、「そろそろだな」としわがれた声でボソッと呟いた。

「そろそろ……？」

「あの小僧、今日はずいぶんと早指しだ。恐らくなんも考えてねぇ。だけど、えれぇ強い」

「じゃ、勝ってるのか……」

「兄さん、あいつの知り合いか？　ここで会うのは、初めてだね。だが、あんたのことは知ってるよ。中央通りで中国人のガイドやってるんだろ。柚木さんが、目をかけてるって話じゃないか」

「………」

襟の汚れたベージュのジャンパーに、よれよれで膝の出た古いズボン。おまけに、両手には薄汚れた軍手を嵌《は》めている。いかにも「くたびれた肉体労働者」といった風情の老人は、他の客の邪魔にならないよう、更に声をひそめて尋ねてきた。

「兄ちゃん、あの小僧の乗り手なのかい？」

「は？」

「金主かってことだよ。代打ちさせてんじゃねぇのか、あの了に」

「ち、違いますよ。俺はただ、ずいぶん人がたかってるから……」

レンが慌てて否定すると、老人はニッと歯を見せて笑う。意外にも、その歯は真っ白だった。

「俺も持ち金さえあったらよ、小僧と組みたいところだよ」

「あいつ、そんなに強いんですか？」

「面白《おもしれ》ぇ指し手には、違いないね。序盤はムチャクチャで手損も駒損も関係ねぇって打ち方しやがるが、指し回しが鋭い上に後半は妙な粘りがあるんだ。そうだな、……強《つえ》ぇよ」

「そうなんだ……」

「ずいぶん昔、よく似た指し手がいたんだよ。だけど、もしかすっと、今なら小僧の方がそいつよか強いかもしんねぇな。俺も、その男にはずいぶん持ってかれたもんだったが。飛車落ちでも、なかなか勝てやしねぇんだ。小僧にあだ討ちしてもらいてぇよ」

老人がそう嘆息した直後、吹雪と対戦していた相手が「負けました」と頭を下げた。それを機に見物していた人々が一斉に口を開き、待ってましたとばかりに意見を戦わせ始める。ようやく表情を崩した吹雪は澄ました顔で聞き流し、相手が渡した二万円を受け取った。隣の老人が、その様子を眺めながら恐れ入ったというように再び口を開く。

「まいったね。今負けた奴は、アマじゃけっこう名前の知られた奴なんだぜ。実力でいったら、四段、五段じゃきかねぇぞ。それなのに、ほんの三、四十分でカタがついちまった。俺も将棋は長いことやってるが、まだあんな小僧がいたなんて驚きだなぁ」

「まだ……って？」

「普通は、ガキん時に奨励会へ入ってプロを目指すだろ。あの小僧の年なら、とっくに活躍してるはずさ。だが……俺も一局あいつと指したことがあるが、あいつの将棋は……ありゃあ独学だな」

「そんなの、わかるんですか？　一回、勝負しただけで？」

「ああ。けどな、二枚落ちでも勝てなかったよ。あのガキ、寄せを完全に読み切ってやがる。たま～にヘボな手を打ってみせるが、あれはワザとだろ。あんまり強いって評判がたつと、いいカモがいなくなるからな。なんせ、真剣をやらせるとこなんざ、今はどこにもねぇから」

「真剣……」

貴島のセリフを思い出し、レンは無意識にその単語をくり返した。吹雪が賭け将棋で金を稼いでいたのはわかったが、そのためだけにこの街へ来たとは考え難い。本気で将棋で食べていく気があるのなら、老人が言う通りプロかアマの名人を目指すのが自然だ。

やっぱり、吹雪には何かあるのだ。

この街に来なければならない、彼だけの理由が。

「兄ちゃん、一局俺とやってくか？　あいつら、感想戦もしないでバラけやがってよ」

老人にそう声をかけられ、考え込んでいたレンはハッと我を取り戻す。急いで周囲に視線を巡らせると、貴島はまだ対局中だったたが、吹雪の姿はどこにも見当たらなかった。

日本の将棋はわからないんで、と申し訳なさそうに頭を下げ、間をおいてさりげなく部屋を後にする。エレベーターの表示を見ると、ちょうど一階で止まったところだった。

雑居ビルの外へ出たところで、吹雪は心持ち猫背になって寒そうに待っていた。

暦の上ではとっくに春だが、陽が落ちれば気温は二桁に届かない日も多い。まして、彼は初めて会った晩に着ていたスエードのシャツしか防寒用の服は持っていないようなのだ。着替えはコインロッカーに突っ込んでおいたのを部屋へ運び込んで間に合わせていたが、荒稼ぎしている割には自分の物をほとんど買おうとしないのがレンには不思議だった。

服だけに限らず、吹雪はあまり物を持とうとしない。だから、食べ物を別とすれば、彼が何かに執着している姿をレンは一度も見たことがなかった。まだ二週間とはいえ、同じ部屋で寝起きしていればそれなりに趣味を窺わせるものがあってもおかしくはないのに、吹雪にはまったくそれがない。レンの後をしつこくくっついて部屋へ居座ったのは、彼にとって異例の行動かもしれなかった。

(異例なのは、俺も同じか……)

レンは、気の抜けた思いでそう呟く。誰かと一緒に暮らしている自分が、本当は今でも信じられなかった。

「やっと来た」

レンが近づくと、自然と吹雪の姿勢が真っ直ぐになる。彼は些《いささ》か照れ臭そうに、先ほどの二万円をポケットから差し出した。

「今日は、あんたがいたからさっさと済ませたよ。いつもは、もう少しカモを待つんだけど」

「吹雪……」

「ん？　なんだよ、驚いた？」

「おまえ、このビルのこと誰から訊いたんだ？　最初、俺や貴島に訊こうとしたのって、この場所のことだったんだろう？」

「そうだよ。でも、まる半日歩き回ってたらちゃんと思い出したから」

「思い出した？」

「ああ。俺さ、ガキの頃この街に住んでたんだ」

レンが受け取らないので、くしゃくしゃと雑に札をポケットに戻し、吹雪はゆっくりと歩き出す。暗くなった空に、眠りから目覚めたネオンが色をつけ始める時間だった。

間もなく、住人たちの時間がやってくる。今日が休みでなかったら、そろそろレンも身仕度を整える頃あいだ。

レンがそれきり黙り込んでしまったので、吹雪は不思議そうに尋ねてきた。

「なんだか、あんまり驚いてる感じでもないね？」

「……さっきの将棋会場で、全部使い果たしたよ。見ているだけで、息が詰まった」

「そりゃ、金がかかってるからな。皆、必死なんだよ」

家に向かって歩く吹雪は、すでにレンがよく見知った彼に戻っている。束の間の夢でも見ていたような気分になり、レンはますます無口になった。

「俺の親父が、やっぱ将棋で食っててさ……。あそこを、根城にしてたんだ。お袋は最初っからいなかったけど、男所帯でけっこう楽しく暮らしてた。もっとも、俺が十歳かそこらの年までだけどね」

「じゃあ、おまえの将棋は父親譲りなのか」

「いや、正確にはそうじゃない」

なにげなく発した質問に、意外な答えが返ってくる。吹雪は少し黙ってから、まるで大切な宝物を箱からそうっと取り出すように、ひっそりと声のトーンを変えた。

「俺と親父の他に、もう一人一緒に住んでた奴がいたんだ。名前は……本名かどうか知らないけど、俺たちは恭一《きょういち》って呼んでたよ」

「恭一……？」

「うん。そう呼んでくれって」

「…………」

そう話す吹雪の眼差しは、いつしか目の前のレンを通り越し遠い過去へと遡《さかのぼ》っていく。その瞳を見ているだけで、レンはたまらなく切なさをかきたてられた。

「……俺が覚えている恭一はめちゃめちゃ頭の切れる奴で、親父にもよく将棋のアドバイスとかしてたな。ガキの俺から見ても、すっげぇ綺麗でカッコよかった。憧れたな、マジで」

「そんな完璧な人間、本当にいるのか？　記憶で美化されてるだけだろ？」

「違うよ。親父だって恭一には逆らえなかった。酒癖が悪くてよく殴られたけど、恭一が一度たしなめただけで、ピタリと酒をやめたりしてさ」

「もしかして……父親だったのか？」

「何が？」

吹雪は意味がわからないのか、キョトンとした顔で問い返す。レンは眉間に寄った皺を隠しもせず、無言で自分の左の瞼を指で示した。

「……ああ、傷痕のことか。うん、俺、親父に殴られて目の上を切ったことがあってさ。そん時、恭一が舐めて治してくれたんだ。あいつ、今でいう引きこもりみたいな感じで滅多に外出しなかったけど、ホントにいろんなこと知ってて……なんでも俺に教えてくれた」

「なんでも……」

「セックス以外はな。恭一、親父とデキてたっぽいから」

故意なのか、そこだけ無感情に吹雪は付け加える。レンはどうリアクションしたらいいものかわからず、やっぱり黙っているしかなかった。

「あの当時、親父の将棋は正直ピークを過ぎてたんだ。でも、恭一がバックにいたお陰で負け知らずだった。バックとか言っても、恭一だってまだ十六か十七のガキだったんだぜ？　あいつ、本当に天才だったんだよ。親父が持ってきた棋譜《きふ》を見ただけで相手の指し回しの特徴を読んで、思い通りの展開に引き込む戦術を完璧に立てるんだ。実践するのは親父だったし、ほとんど誰も恭一の存在なんて知らなかったけど、それこそ面白いように勝てた」

「………」

いつしかレンの顔に翳《かげ》りが差していることにも気づかず、吹雪は話にますます熱を入れ始める。生意気な表情は影を潜め、まるで十歳の子どもに逆戻りしたような無邪気な目だ。恭一の存在が、当時の彼をどれだけ興奮させたか手に取るようにわかる顔だった。

部屋に戻っても、まだ吹雪の話は続いていた。恐らく、今まで話せる相手がいなかったのだろう。溜め込んだ分まで思い出は美化され、彼の語る『恭一』は聞けば聞くほど現実味が乏しくなってくる。幼い頃の憧れだったんだから無理もないか、と理解はできたが、はっきり言ってレンは面白くなかった。面白くない、と感じている自分も嫌だった。

「どうしたんだよ、レン？　さっきから、ずっと黙ってるじゃん」

一通り思い出語りが済んだ後、ようやく吹雪の意識がこちらに向けられる。上気した目が微かに潤んでいて、まるで情事の名残《なご》りのようだ。いつまでも見つめていたい気持ちを無理に押し殺すと、レンは無言でコートをソファへ放り出した。

わざと無愛想な目付きで見つめ返したら、不機嫌の理由がわからない吹雪は素直に困った顔を見せる。ざまあみろ、とレンは意味なく心で呟いた。

「睨まれても、困るんだけどな。何か言いたいことがあるなら……」

「俺に、何を言えって？　恭一って奴の代わりに、また傷でも舐めろってか？」

「そんなこと、誰も言ってないだろ。それに……」

「…………」

「それに、あんたを恭一の代わりだなんて思ったことなんかないよ」

吹雪のその一言に、レンは一瞬胸を突かれる。『恭一』の話に反射的に不快を示したのは、思いもよらない理由からだと気づかされたせいだ。

だが、レンの困惑を知ってか知らずか、吹雪は静かに話を続けた。

「俺、前にあんたから訊かれたよな。どうして、自分を選んだのかって」

「……ああ」

「似てたんだ、恭一に。少なくとも、最初に見た時はそう思った」

「マジかよ……」

「でも、今は違うよ」

絶句するレンに、急いで吹雪は付け加える。さっきとは明らかに種類の違う熱が、その口調にこもっていた。

「一緒に暮らし始めたら、レンと恭一は全然似てないってすぐにわかった。恭一はもっと線が細くて、なんて言うか……毒があるんだ。それも、こっちが進んで口にしたくなるような甘い感じで。だけど、レンにはもっと……」

「もっと？　なんだよ？」

「……畜生、上手く言えねぇや。でも、絶対に毒じゃない。もっと気持ちがよくて、目の前が明るくなる何かだよ。口では素っ気ないこと言ってても、あんたは俺を切り捨てない。そうだろ？　不思議と、俺にはそれが信じられるんだ」

「買い被《かぶ》りすぎだ。俺は、そんな善人じゃない」

「いいんだよ、悪党でもなんでも。俺が信じられるって思えれば。だから、あんたには全てを隠さずに話したんだ。恭一や親父のことも、誰にも言わないつもりだった。でも……」

「いい加減にしてくれよ」

気負い込んで続ける吹雪に、レンは冷ややかな一瞥をくれる。今は、そうするしか方法がなかった。吹雪はびくっと身体を震わせ、そのまま唇を凍りつかせる。なるべくつっけんどんな口調を意識しながら、レンは吐き捨てるように言った。

「今更、しおらしいセリフなんか吐くな。何で稼いでるのかわかれば、それでいいんだよ。おまえのガキの頃の話までこっちは訊いちゃいねぇんだ。第一、親父が引きこもりの少年を愛人にしてたって事実には引くぞ、マジで」

「レン……」

「どうりで、おまえも俺にキスされてもしれっとしていられるわけだ。ウリやってたわけでもなさそうだったのに、男に免疫があるなんておかしいと思ったんだよ。将棋だけじゃなく、そういうところも親父似だってことなんだろ。違うか？」

「…………」

吹雪はいくぶん青ざめた顔で、ジッとこちらを見つめていた。てっきり派手に言い返してくると思ったのに、唇を動かしかけては止める様が、混乱ぶりをよく表しているようだ。

「……恭一ってのは、それでどうしたんだよ」

とうとう言葉が続かなくなり、それでも沈黙していられずにレンは問う。本当は訊く必要などなかったし、この話はもうやめたいくらいだったが、吹雪は律儀にそれに答えた。

「知らない。生きてるか、死んでるかもわからない」

「知らないって……」

その声音があんまり真剣だったので、一瞬レンも苛立ちを忘れる。

吹雪は一度目を伏せたが、決意を秘めた瞳で再び顔を上げた。

「この街で、彼とはぐれたんだ。親父が死んだ時だった。だから、俺は……」

「吹雪……」

「俺は——恭一を探しに戻ってきたんだ」

笑っちまうよなぁ、とレンは天井を仰ぐ。

昨日、吹雪は初めて自分の目的をはっきり口にした。それは想像していたよりもずっと陳腐で、そのくせレンの胸を痛めつけるのに最大の威力を持っていた。

『俺は、恭一を探しに戻ってきたんだ』

およそ、考えうる限り一番綺麗な声だった。

人を食ったような態度を取ったり、雑な仕種でこちらの眉をひそめさせたり、そんな吹雪しか知らない自分には、きっと一生向けられることなどない真摯《しんし》な音だ。

「恭一……か……」

生きているか、死んでいるかもわからない。

手がかりと言えば、一緒に暮らしたこの街と将棋だけ。

レンが不機嫌だったせいか、吹雪はいつもよりおとなしくソファに向かい、目が覚めた時にはもうどこかへ出かけた後だった。そんなのは、よくあることだ。ソファには間に合わせに買った寝袋と、更にその上からかける化繊毛布がきちんと畳んで置かれている。レンが放り出したままだったコートは、壁のハンガーにかけ直されていた。これは、よくあることじゃない。

「どういう因縁なんだか……」

一度口にしてしまったら弾みがついたのか、昨夜の吹雪はこれまでの経緯を自分から進んで説明し始めた。レンはベッドに横たわり、聞いているのかどうか曖昧《あいまい》な様子で目を閉じたが、もちろん一語一句残さず記憶に留めている。多分、吹雪もそれは承知だろう。

十歳かそこら、と吹雪は言ったが、正確には十年前のことらしい。吹雪は当時十歳、父親は三十六歳で、肝心の恭一は恐らく十六歳か十七歳だったはずだと彼は言った。

『親父が、酔って彼に言ったことがあるんだよ。高校、行かなくていいのかって。恭一は全然興味ないみたいで、笑って首を振ってた。だから、多分……』

父親がどこで恭一を拾ったか、それは吹雪も知らないそうだ。ある日、学校で苛《いじ》められて泣きながら帰った吹雪を、部屋で出迎えたのが恭一だった。彼は何年も一緒に暮らしているような調子で「おかえり」と言い、吹雪の泣いている理由を聞くと、うっとりするような綺麗な顔で「そんな奴、殺しちゃいなよ」と笑ったという。

『恭一は、すごく綺麗だった。細面《ほそおもて》で目がスッと切れ長で、でも全体の印象は柔らかで。どんな残酷なセリフも、彼の唇から出ると音楽みたいに心地好かった』

恭一の美貌は、幼い吹雪をあっという間に夢中にさせた。

彼の植物めいた雰囲気は性別を強く感じさせず、きっと小説かテレビの物語からそのまま出てきた人なんだと本気で考えたりもした。

『親父と特別な関係なんだって、その時はちっとも思わなかったな。でも、時々夜中に目を覚ますと隣にいたはずの恭一がいなくて、朝には親父のベッドから出てきたりしてたから』

想像するに、恐らく肉体関係があったのだろうと吹雪は複雑な気持ちで結論を出した。

そうして始まった三人の生活は、しかしそう長くは続かなかった。一年にも満たなかったんじゃないかと、吹雪は小難しい顔で記憶を手繰り寄せる。恭一が来てから、短い期間にあんまりいろいろなことが起きたので、よく思い出せない箇所もたくさんあるらしかった。

『親父が真剣師だったのは、さっき話しただろ。恭一のサポートもあったから、けっこうアマの間では評判も広がっててさ。噂を聞いて、わざわざ遠い土地から勝負に来る奴もいたんだ。でも恭一って、相手が強ければ強いほどその上を行くみたいで、ほとんど負け知らずでさ。親父が凡ミスしたり、予想外の手を打たれない限り、何も心配なんかなかったな。そんな時、ある勝負で代打ち同士で指した対局があったんだけど、それが問題になったんだ』

『代打ち同士？　じゃ、それぞれ別に乗り手がついてたってわけか』

無視を通すつもりでいたのに、レンは興味を引かれて思わず余計な口を挟んでしまう。慌てて渋面を作り直したが、心なしか答える吹雪の声にも少し張りが出たようだった。

『その勝負は三日間通しで、一日につき五回対局するってハードなものだったんだけど、最終的にはなんとか親父が勝ち越した。そうしたら、相手の金主がイカサマじゃないかって難癖つけてきたんだ。それがきっかけで互いのバックが睨み合いになっちゃってさ。いつ戦争が始まるかってくらい、状況が悪くなっちゃったんだよ』

『まさか、その金主って……』

『そう。親父のバックは和泉会の会長、向こうは新興勢力の田岡《たおか》組の会長だった』

『………』

田岡組と言えば、つい最近まで和泉会とゴタゴタが続いていた相手だ。それを、昨年柚木がたった一ヵ月の交渉で手打ちにまで持っていき、また株を上げたと評判になった。だが、かつて将棋の世界で決着をつけようとしたことがあったなんて驚きだ。

『案外、よくあることだって親父は言ってたよ。昔の地方のヤクザなんか、小競り合いの決着にそれぞれ自慢の指し手を連れてきて勝負させたりしたんだって。それこそ、何千万って金をかけて』

『だけど、和泉会と田岡組だぞ？　地方のヤクザとは規模が……』

『まぁそうだね。親父に賭けられた金は、恐らく億はくだらなかったと思うよ。俺も、当時は何もわかんないガキだったけど、あれから少し調べたからね。豪気な時代だったとは思うけど』

『億……』

真っ青になって絶句するレンを、吹雪は金額のせいだと思ったようだ。あまり気に留めた風もなく、『……だけどさ』と淡々と先を続けた。

『一体何がどうなって、親父や俺がこの街から逃げる羽目になったのか、実は今でも全然わかんないんだ。組同士の勢力争いなら、一介の真剣師には関係ないはずだし。もちろん、勝負に負けて責任を取らされたってわけでもない。親父は、確かに勝負には勝ったんだ。第一、恭一がついていて負けるわけがないんだよ。それなのに……なんでだか俺たちは巻き添えを食らった』

『吹雪……』

かける声が、そうとは知らずに震え出す。思い出に浸っている吹雪は、こちらの様子などまるで頓着していないのか、ひたすら遠い目をしていた。

『あれは、親父が死んだ朝だった』

——その日。

父親が酔っぱらってビルの五階から転落したと、吹雪は警察から連絡を受けた。恭一は人前に出たがらなかったので、遺体の身元確認には小学生の彼が一人で出向いたという。吹雪は父親が数ヵ月前から恭一に言われて酒をやめていたこと、高所恐怖症の気があって高い場所は極力避けていたことなどを知っていたが、あえて口には出さなかった。余計な発言をしたら、きっと自分や恭一も狙われる。子どもながらに、そう考えたからだ。

『俺が警察から帰った時には、恭一はもう荷物をまとめてた。大きなボストンバッグを二つ持ってて、今すぐ街を出ようって言われたよ』

『その時の様子はどうだった？　そいつ、悲しんでる風だったか？』

『……覚えてない』

吹雪は、残念そうに首を振る。覚えているのは二つの鮮やかなオレンジのボストンバッグと、恭一の荷物なんてそれまで何もなかったのに、という場違いに呑気な感想だけだった。

『でも、恭一ともそれきりだった。一緒に駅まで行ったのに、はぐれちゃって……』

適当な行き先の切符を購入した後、吹雪はふいと繋《つな》いだ手を離された。ハッとして周りを見渡した時には、もう恭一の姿はどこにもなかったのだそうだ。汗をかいた手のひらには、まるで置きみやげのように真新しい一万円札と遠距離切符が一枚だけ残されていた。

『結局、俺は一人で切符に印刷された北の街まで行って、当てもなくウロウロしているところを地元の警察に保護されたってわけ』

身寄りはなかったし、自分のこともほとんど話さなかったので、吹雪はそのまま施設へ送られることになった。自分があんまり幼かったせいで、恭一を守ることができなかった。そう思い込んだ吹雪は、高校卒業を待ってこの街へ戻ろうとしたのだが、そこでまたもや運命の邪魔が入る。当時つるんでいた仲間の数名が他校のリンチ事件に関わり、気がつけば吹雪も一蓮托生《いちれんたくしょう》で家裁送りになってしまったのだ。裁判は長引き、彼は一年以上の足止めを余儀なくされることになった。

『その直前に、俺も親父や恭一を倣って将棋を始めててさ。ギリギリ奨励会の試験を受けられるところだったんだけど、そんな事件があったんで全部ダメんなった。目をかけてくれた棋士の人も、慌てて推薦断ってきたし』

『え？』

『……プロになるには、奨励会ってとこに入らなきゃなんないんだけど、ただ将棋が強いだけじゃダメなんだよ。いろいろ規則や必要な資格があって、入会試験にはプロ棋士の推薦がいるんだ。施設に慰問で教えに来てた人が、俺の筋がいいって褒めてくれてさ。親父も素行が問題で結局プロになれなかったって聞いてたから、俺はちょっと頑張ってみようかって思ってたんだけどな。裁判のカタがつく前に二十歳になっちゃって……どのみちアウト』

『……厳しいんだな』

『まぁね。対局試験は余裕で勝ってたのに、人の対局を立って見てたってだけで落とされた奴もいるくらいだから。リンチに関わった、なんてとんでもない話だよな』

だからさ、と吹雪はやや語調を強めて言った。

『俺には、もうなんにも残ってないわけ。家族も、将棋も、生き甲斐も。それでも、人は生きていかなきゃなんないだろ。だから、恭一を見つけたいんだ。それが、俺には大事なことなんだよ』

『吹雪……』

そうは言っても、事件からすでに十年も月日がたっているのだ。何の手がかりもなしに、どうやって彼を見つけるつもりでいるのだろう。この街で生きていればいつかヒントが拾えると信じているのだろうか。

「バカな奴だな……」

空しい響きが、自然とレンの唇から零れた。

「どう考えたって、わざと置き去りにされたのによ」

手を離した直後にいなくなっていたなんて、意図的に隠れたとしか思えない。吹雪だってそれくらいわかっているだろうに、それでも会いたいものだろうか。彼の熱のこもった眼差しを見ていると、会って恨み言を言いたいというわけでもなさそうだし、恐らく単純に恭一を恋しがっているに違いない。あるいは、「恋しい」と思い込もうとしているのだ。

恭一という人間は、吹雪にとって失ったもの全てを象徴する存在だった。

「厄介なことになったな……」

吹雪の身の上話を聞いている内に、少しずつこちらの顔色が変わっていたことに、はたして彼は気がついただろうか。努めて無関心な振りを装ったし、仮に気づいたとしてもあまり深刻には受け止めなかったかもしれない。

そうであってくれ、とレンは胸で呟いた。

頼むから、吹雪は何も気がつかなかったと誰か俺に言ってくれ。

「──おいっ」

「え……」

悲痛な祈りが、通じたのだろうか。

耳慣れない声に名前を呼ばれて、レンはそちらを振り返る。開け放したドアに立っていたのは、昨日地下の将棋会場であれこれ自分に話しかけてきた老人だった。

「ジイさん……？　なんで、ここに……」

「小僧が連れて行かれたぞ！」

「え……？」

「和泉会の椿って奴だ。あんたなら、よく知ってるだろう？　あの男が、勝負の途中で小僧を引っ張って行きやがったんだ」

「吹雪が？　どうして？」

「小僧、よそもんのくせに稼ぎすぎたのさ。あそこを利用してる奴は、一度は和泉会に挨拶しとくのが礼儀なんだ。それを、あいつはずっと無視してたらしい」

「椿に……連れていかれた……？」

身体のだるさが、一瞬でどこかへ吹き飛んでいく。

ベッドから飛び起きるや否や、レンは駆け出していた。

椿が連れて行ったのなら、行き先は柚木の事務所だろう。昨日の雑居ビルとは打って変わった高級マンションのエントランスに足を踏み入れ、レンはゆっくりと深呼吸をした。

「落ち着け……まだ、取り返しがつかないってわけじゃないんだ……」

老人の口ぶりはあたかも吹雪が拉致《らち》されたかのようだったが、それなら椿が出てくるはずがない。乱暴な仕事は下っぱに任せて、柚木と優雅に悪企みをするのが彼の仕事だ。

「……四時半か……」

この時間帯なら、さほど事務所に人の出入りもないだろう。他の組員はあまり近寄りたがらないが、たまに椿の愛人や柚木に熱を上げてるホステスと鉢合わせする場合がある。昼夜が逆転しているこの街では、今が一番中途半端な時間なのだ。レンが起きたり吹雪が出かけるのも大抵今頃で、レンに遠慮して早く家を出るような真似さえしなければ椿に捕まることもなかったに違いない。

「噂好きな姉さんたちに、見咎められたら面倒だからな」

ヤクザとは、あくまで一定の距離をおいて付き合う。

それが、王が厳しく定めている第一のルールだった。だから、毎月のケツ持ち代を支払う時も喫茶店で落ち合うし、どちらかのテリトリーで商談をするような真似もしない。それなのに、レンが個人的に柚木の事務所へ出入りしているなんて知られたら、謹慎どころでは済まなくなるだろう。『案内人』は、あくまで安全にお客を遊ばせるのが鉄則であり、彼ら自身に過剰な泥がついては困るのだ。

「王さん、ごめん……。でも、もう仕方がないんだ」

キッと表情を引き締め直し、レンはようやく覚悟を決める。この期に及んで自覚するのもマヌケだが、吹雪の身の安全は己の保身よりもずっと重要だった。昨夜、恭一の話を聞いて無意味に不機嫌になったのも、つまらない嫉妬からだったと今なら認められる。

「もちろん、それだけじゃないけどな……──」

だが、全ては吹雪の無事を確認してからだ。無理やり連れ去られておとなしくしている夕マとも思えないし、そうなったらちゃんと彼を守れるだろうか。

乗り切ってみせる、と口の中で呟き、レンは入口のインターフォンを押して名前を告げた。モニターの向こうの彼らには、自分は一体どんな風に映っているのだろう。ふとそんなことを考え、レンはしゃんと胸を張り、背筋を伸ばしてドアの前に立った。

「さすがに早かったな」

開口一番、椿が感心したように口笛を吹く。

レンは無言で頭を下げ、逸《はや》る心を抑えながら室内へと神妙に進んでいった。本当は大声で吹雪の名前を呼び、その安否を確認したいところだったが、ここで下手に動いたらそれこそ彼の身がどうなるかわからない。目をかけられているとはいえ、柚木と椿がヤクザであることは一点の疑いもない事実なのだ。

いつも通されるリビングには、予想に反して吹雪どころか柚木の姿も見えなかった。内心拍子抜けする思いでレンが立ち尽くしていると、椿が大真面目な顔で話しかけてくる。

「おまえがつけた首輪だけどな、騒音防止でもついてんのか？」

「なんのことですか？」

「ほら、よくあるだろ。近所迷惑だっつんで、吠えたら電流が流れる仕組みになってるヤツ。あれつけてると、犬は吠えらんねぇだろう。それを、あの野良につけたのかって訊いてんだ」

「……意味がよくわかりません」

謎かけのようなセリフに、本心からレンは答える。それでも納得しかねるのか、尚も椿が何かを言いかけた時だった。リビングから別室へ続くドアが静かに開き、上等なスーツをしなやかに着こなした柚木が、ふて腐れた表情の吹雪を伴って姿を現す。その瞬間、強張っていたレンの肩からドッと力が抜けていった。

「よかった……吹雪、無事か……」

「おう、お迎えが来たぜ、ポチ」

「……うっせぇな」

「その口のきき方、もういっぺんしつけ直してもらえ」

椿は変わらぬ笑顔のまま、しかし鋭い平手打ちを吹雪の左頬に食らわせる。かなり強い衝撃だったらしく、視界がちかちかしているのが見ているレンにもわかった。吹雪はしきりに瞬《まばた》きをくり返していたが、その間に叩かれた場所がみるみる赤く腫《は》れていく。だが、素早くチェックしたところ左目の古傷以外は特に外傷もなく、弱っている様子もなかったのが唯一の救いだった。

「さっきから柚木があれこれ訊いてんだけど、この野良はワンとも言いやしねぇ。そしたら、風見《かざみ》さんがてめぇに話した方が早いって言うからよ。屋根を貸している内に、情でも移ったんじゃないかってさ。それなら、おまえの言うことだったら聞くかもしんねぇだろ？　年寄りは、何かっつーと浪花節だ。俺は、おまえにそんな情があるとは思わなかったけどな」

「…………」

「——でも、来たな。風見さん、伊達に年は食ってねぇってわけだ」

「風見さんって……？」

「ジジイが呼びに行っただろう、あんたのことを。……ったく、とっくにカタギになったってのに、いつまでもヤジ馬根性の抜けねぇ人で困ってんだよ。ま、俺らにとっちゃ大先輩だからな。老人のヒマ潰しに、仕方なく付き合ってやってるのさ」

「あの人が……」

レンは、呆然としたまま椿の話を聞いている。それでは、あの見るからにくたびれた老人は、元和泉会の人間だったのだ。しかも、椿の口ぶりから察するにかなり上のクラ人だったらしい。確かに見た目が小汚い割には綺麗な歯をしていたが、彼がその筋の人間だとはまったくわからなかった。

「吹雪が話すって……一体、何をですか？」

まだ無事とはいえ、柚木は涼しい顔で吹雪の側にぴったりと付いている。レンは急いで現実に立ち返ると、心持ち声のトーンを上げて尋ねた。

「俺は、前に椿さんから言われた通り、臨時の首輪をこいつに付けただけです。屋根を貸して、毎晩ソファに寝かせてる。でも、それ以上のことは何も知りません。あのジイさん……風見さんから、吹雪が賭け将棋で稼いでる話を聞いたのかもしれませんが、地下カジノで動く金に比べたら何百分の一程度のもんですよ。わざわざ、椿さんたちが騒ぐような金額じゃ……」

「ところが、そうでもねぇんだよ」

「え……」

「この野良にはな、和泉会から億って単位の貸しがあるんだ。レン、おまえ風見さんの一言でここまですっとんで来たんだろう？　確かに、おまえの言う通りだよ。賭け将棋のショボい上がりなんざ、俺も柚木もどうでもいいんだ。問題は、十年前に消えた金の方なんだよ」

「俺は何も知らないってっ！　レンだって、何も関係ねぇよっ！」

絶句するレンに代わって、吹雪が血相を変えて食ってかかる。だが、今にも椿に飛びかからんばかりだった身体は、あっさり柚木に止められた。右の手首をひょいと捕まれた吹雪はたちまち身動きが取れなくなり、蒼白《そうはく》な顔で彼を睨み返す。直後にちらりとレンへ走らせた瞳には、不安と悔恨の色がはっきりと見て取れた。

「なんだか、熱血ドラマみてぇだな」

いい加減立ち話もかったるくなったのか、椿はやれやれとソファに腰を下ろす。同時に、柚木のスーツの上着から携帯電話が鳴り出した。その途端、彼は吹雪などどうでもよくなったのか、さっさと解放して再び隣の部屋へ消えてしまう。その背中を憮然《ぶぜん》と見送ってから、吹雪はゆっくりとレンに歩み寄ってきた。

「……悪かったな、あんたにまで迷惑かけて」

ボソリと、他の人間には聞こえないほどの低い声で吹雪は言う。

「まさか、あのジジイが昔の俺を知ってたなんて……」

「……成程な。そういうことか」

「昔、親父と何度か将棋を指したらしいんだ。あの頃の人間はほとんど残ってないと思ってたから、俺も少し油断してた。俺の指し口から、もしやと思われたみたいなんだよな」

そういえば、「よく似た指し手がいた」というセリフをレンも彼から聞かされた。あの時は単なる年寄りの思い出話だと思っていたし、吹雪の父親のことも知らなかったからさして気にも留めずに流してしまったが、あの時点ですでに吹雪はチェックされていたのだ。

「迂闊《うかつ》だった。俺が親父の真剣の場についてったのなんか、ほんの数える程度だしさ。どっちにしろ普通の目立たないガキだったし、まさか素性がバレるとは思わなかったよ。俺の将棋、恭一がヒマを持て余した時に教えてくれたのが始まりだったから、やっぱまずったな」

「おい、何をコソコソ話してやがるんだ。ポチはともかく、レン、てめぇは俺たちのルールをよく知ってるだろう？　ふざけた真似してると、王にまで迷惑をかけることになるぞ」

サッと顔色を変えるレンを見て、椿は心底楽しそうな笑みを見せる。よくよく、この稼業が性に合っているのだろう。引き締まった長い腕と拳は他人を殴るため、鍛えられた真っ直ぐな足は他人を蹴飛ばすために備わっている。回転の早い頭脳やそこそこ整った野性味溢れる顔立ちも、暴力への欲求を満たすことのみにしか使われない。柚木のような切れる人間でなければ、椿は到底使いこなせなかっただろう。事実、和泉会本部での彼の扱いはまるで腫れ物に触るようだった。

「……椿さん。もう一度確認したいんですけど」

意を決したレンは、努めて普通の声音を装って口を開く。不安や脅えを顔に出して、これ以上椿を喜ばせるなんて真っ平だった。まして、隣には吹雪がいる。レンを巻き添えにしたことで、彼は自分を強く責めているに違いない。なんとか上手くこの場を切り抜けて、一刻も早く善後策を相談しなければならないのだ。

「吹雪に、億単位の貸しがあるって本当ですか？」

「……本当に、とぼけて言ってんじゃねぇんだろうな？」

「当たり前じゃないですか。大体、俺たち二週間ほど前に知り合ったばかりなんですよ。そんな厄介な相手だってわかってたら、とっとと放り出してますよ」

「厄介かどうかは、金の在処《ありか》次第さ。ま、今更出てくるとも思えねぇけどな」

半分本気、半分冗談の瞳で、椿はレンと吹雪を見比べる。

「風見さんが、言い出したんだ。ポチの親父は真剣師で、最後の対局では乗り手がウチの会長だったたってな。ところが、勝負には勝ったものの用意した掛け金の一億がそっくり消えちまった。当時はえらい騒ぎになって、組員も血まなこで探したらしいが、今でも行方はわかってねぇ」

「だからって、息子は関係ないでしょう。第一、吹雪はその時まだ小学生ですよ」

「ところが、風見さんはポチ以外にもガキがもう一人絡んでたって言ってんだ。そんな奴、誰も見たことがねぇし、ドサクサ紛れに肝心の息子は街から消えちまうし、まさか、親父の葬式も出さずにトンズラするとは誰も思わねぇもんなぁ」

「もう一人のガキ……」

咄嗟《とっさ》に、レンの脳裏に吹雪から聞いたオレンジのボストンバッグのイメージが浮かんだ。大きなボストンバッグを二つ持って、そのまま恭一は姿を消したという。

――つまりは、そういうことなのだ。

「椿。ちょっと来てくれ」

重苦しい沈黙を破って、奥の部屋から柚木の声がした。椿は面倒そうに立ち上がり、顎でレンたちに向かって「帰れ」と指図する。話の途中であっさり帰してもらえるとは思わなかったので、レンも吹雪も一瞬面食らった顔をしたが、椿は笑いながら口を開いた。

「どうせ、逃げられやしねぇんだよ。だったら、家に戻ってじっくり考えてみるんだな。上の人間だって、今頃んなって一億が戻るとは思っちゃいないだろうが、ポチが出てきた以上みすみす野放しにしとくわけにはいかねぇんだ。一応、俺らにもメンツがあるからな」

「そんな……」

「どう決着をつけるか、二人でよっく考えて出直してきな」

「な……何、ムチャクチャなことを言ってるんだっ！　さっきから、吹雪は何も知らないって言ってるだろうっ！　金金って騒いでないで、いい加減諦めろよっ」

「……へぇ。レン、てめぇ初めてマジな声出したじゃねぇか」

愛想笑いに包まれた中身をかいま見ることができて、椿はしごく満足そうだ。ふと何かを思いついたように一歩こちらへ近づくと、こちらの目を覗き込むようにしてささやいた。

「明日、ここにパスポートとビザを持ってこい」

「え……？」

「それを俺たちに預ける覚悟があるなら、ポチの身の振り方にも希望が見えるかもしんねぇぞ？　何か誤解してるようだが、俺たちだって鬼じゃねぇんだ。てめぇがポチのために身体張るって言うなら、張らせてやろうじゃねぇか。いつもソツなく澄ましてる顔が、野良一匹でどれだけ変わるか興味があるしな。ずいぶん、面白い余興だと思うぜ？」

「パスポートと……ビザ……」

「外国人のおまえには、命綱だよなぁ？　それ、一億の代わりに賭けてみるか？」

「…………」

さすがに、すぐには答えられなかった。だが、グズグズしていると吹雪が怒りに任せてまた暴言を吐くかもしれない。ここで椿を本気で怒らせるのは、なんとしても避けたかった。

「──わかった。明日、持ってくる」

「レン！」

「本気かよ？」

ニヤニヤと嬉しそうに、椿が更に顔を近づけてくる。だが、再び柚木に呼びつけられ、彼は渋々と身体を引いた。

「ちょっと、面白い展開になったな。まさか、乗るとは思わなかったぜ」

ゆっくりと歩き出しながら、椿は愉快そうに笑い声をたてる。

そうして、思わせぶりにレンを振り返り、哀れむような眼差しで言った。

「首輪をつけられたのは、おまえの方だったってわけだ」

荒れ果てた店内に足を踏み入れ、レンがそっと後ろ手にドアをしめる。

そういえば、一日延ばしにしていて大家に鍵の付け替えを頼んでいなかった。今更かもなぁ、と投げやりなセリフを胸で漏らしていたら、不意に目の前で吹雪が立ち止まり「……信じらんねぇ……」と呟いた。

「なんで、こういうことになっちゃうんだよ。どうして……」

乱れた声音が、空しく室内に散っていく。レンは一つ溜め息をつき、帰る道すがら決心した言葉を重々しく口にした。

「……吹雪、おまえに話がある」

「え……？」

「大事な話なんだ。二階に来てくれ」

「ま、待てよっ」

さっさと二階へ向かおうとしたレンの右腕が、恐ろしい力で掴まれる。吹雪はすがるような目でレンを見上げながら、必死でこの場に引き止めようとした。

「話ってなんだよ。俺、ここから出ていった方がいいんだろ？」

「吹雪……」

「ごめん……ごめん、レン。俺、あんたに迷惑かけるつもりじゃなかったんだ。俺はただ、恭一が今どこで何をしてるのか、それが知りたくて。でも、あいつに関して知ってることと言えば、この街で親父が拾って一緒に暮らしてたってことだけだったから……」

「吹雪、やめろ」

「将棋だって、そうだ。他に、手っ取り早く金を稼ぐ方法を知らなかったんだ。ゴタゴタがあってプロになるの諦めて、その時に将棋も捨てたつもりだったんだけど……。でも、やっぱり俺にはそれしか能がなくて……」

「………」

吹雪の指が、小刻みに震えている。レンは頭の中で何度もセリフを組み立てたが、どれも使い物になりそうもなかった。だから、仕方なくその場に立ち止まったまま、自由な左腕で吹雪の頭をそっと抱き寄せた。

「しょうがねぇよ」

他に言い様もなくて、なんとかそれだけを口にする。吹雪はおとなしくレンの肩に頭を寄せていたが、身体の震えはまだ治まりそうもなかった。

吹雪の慕っている恭一が、和泉会の用意した賭け金を持ち逃げしたのは明白だ。少なくと

も、レンと吹雪の二人だけは、その事実に気がついている。だが、一億の金を持って恭一がどこへ逃げたのか、それを知る手立ては吹雪になかった。

恭一がこの街で暮らしたのは一年にも満たない期間だし、引きこもりに近い状態でほとんど外出もしなかったという。吹雪の父親が殺される前に口でも割らない限り、その存在に気がついた人間が少なかったとしても無理はない。

「恭一……親父とグルになって、金を盗もうとしたのかな……それとも……」

「おまえの父親は、この街の人間だったんだろう？　それなら、和泉会の怖さはよく知ってたはずだ。まして、小学生のガキまでいたら……それが血を分けた自分の息子なんだったら尚更、巻き添えにするような真似は絶対にしないよ。吹雪、自分の父親を信じろ」

「だったら、恭一が親父をハメたのか？　だから、俺の親父は殺されたって？」

「それは……」

「なんで、そんなことするんだよ。恭一は、親父が好きだったんじゃなかったのかよ？」

愕然としながら、吹雪が真実を求めてレンを見つめた。答えなどわかりきっているのに、それでも瞳が「認めたくない」と訴えている。レンはしばし言い澱《よど》み、言葉の代わりに悲しく微笑みかけた。今は何を言っても、吹雪を傷つける結果にしかならない。だから、自分が辛い時にそうしてきたように、レンはただ静かに微笑《わら》うしかなかった。

「……レン……」

思いがけない笑顔にふっと緊張が解けたのか、吹雪の表情が一瞬幼くなる。恭一から離された手が、今、誰を摑んでいるのかようやく気がついた様子で、彼は昨日から着替えていないレンのシャツに弱々しく視線を落とした。

「ひょっとして、この格好のまま事務所まで来たんだ？　上着もコートも着ないで？」

「クローゼットが遠すぎたんだ」

「……あんた、どんなデカい部屋に住んでるんだよ」

切なく吹雪も笑い、そっと布の上から両方の腕を撫《な》でる。そうすることでレンの存在を確かめてでもいるように、吹雪は何度も二の腕から肘《ひじ》までを指先で往復させていった。

埃と、ガラスの破片と、壊れた椅子やテーブル。

不吉な噂に縁取られた殺伐とした空間なのに、先刻の柚木の事務所よりよほど心が慰められる。その理由は、世界に吹雪とたった二人でいるからだ。消えてしまった前の住人にも、こんな優しい時間はちゃんとあったのだろうか。レンはふとそんなことを考え、せめて行方不明だという息子が、どこか別の土地で幸せに暮らしていればいいのにと願った。

「あんたは、ここにちゃんといるんだよな」

吹雪が、撫でる指を止めてそっと呟く。

「恭一みたいに、突然俺の手を離したりしない。コートを着るのも忘れて、俺のために駆けつけてくれた。でも、俺はわかってるよ。レンが、誰にでも優しいわけじゃないって」

「吹雪……」

「俺は……あんたの特別なんだろう？　そうだよな？」

「…………」

「俺、今度はちゃんと言えるよ。レンと恭一は、全然違うって。だって、恭一は初めから俺にすごく優しかった。いつも静かで穏やかで、言うことはたまにギョッとするほど残酷だったけど、その矛先を俺や親父には決して向けなかった。夢みたいに綺麗な顔で、水みたいに落ち着いていた」

それに……と吹雪は瞳を歪め、自らレンの胸に顔を埋《うず》めてきた。

「あんたほど、バカじゃなかったよ。口のききかたが乱暴だったり、要領だって悪くなかった。なんなんだよ、パスポートとビザって。ヤクザにそれを握られる意味くらい、考えなくたってわかってんだろ。あんた、あいつらの使い捨ての駒になりたいのかよっ」

「しょうがないだろう、あの場合」

「そんな呑気なこと、言ってんじゃねぇよっ。一体、なんであんな約束したんだよっ」

「だから、しょうがないんだって」

不思議と、話している間に心が落ち着きを取り戻してきた。吹雪が、自分を心配して取り乱している。その事実を目の当りにするだけで、レンは深い満足感を覚えていた。

「あの場合、ああでも言わないと帰って来られなかったかもしれないだろ。それに、メンツがどうのなんてくだらない理由で、吹雪の人生を狂わせるわけにはいかないじゃないか。大丈夫、明日までまだ時間はある。何か、上手く切り抜ける方法が必ずあるはずだ。だから、おまえが責任を感じることはないよ。俺だってバカじゃないし、伊達に三年もこの街にいたわけじゃない」

「責任じゃねぇよ、心配してんだよっ。バカ野郎っ」

自信に満ちたセリフを否定するように、ドン、と拳で強く胸を叩かれる。

面食らって吹雪を見返すと、子どもじみた癇癪を起こしたくせに、その目には危ういほどの艶が含まれていた。

「おまえ……」

「……さっきの答え、まだ聞いてない」

「え？」

「俺は、あんたの特別なんだろう？」

「…………」

「そうだって、言えよ。俺のことが大事だって。だから、コートも着ないで駆けつけたんだって、嘘でもいいからそう言えよっ」

しがみつく体温が、いつの間にか熱を帯びている。吹雪の身体はもう震えてはいなかったが、その代わり鼓動が早鐘のようにレンの胸まで響いてきた。

嫌がらせに唇を奪った夜から、レンは一度だって吹雪に遊びを仕掛けてはいない。もともと同性に性的な興味はなかったし、奇妙な同居人ができたくらいの感覚でしかなかったからだ。多分、吹雪も同じようなものだったと思う。確かに、他人に許すテリトリーが吹雪にだけはずいぶん大きいとは思ったが、それも彼独特の物怖じしない性格故《ゆえ》だと深くは考えなかった。一度そんなことを気にしてしまったら、後戻りできない感情に支配されそうで怖かった。

けれど、こうして腕の中に吹雪を収めてしまうと、もう手放すのが怖くなっている。

レンにはその理由がはっきりわかっているが、吹雪が自分と同じ気持ちなのかどうかまでは自信がなかった。

「レン、なんで黙ってるんだよ……」

沈黙に焦《じ》れたように、吹雪が熱っぽく見つめてくる。彼が欲しいのは、確かな答えだ。誰にも決して奪うことのできない、自分だけの痛みと幸福なのだ。レンへ向けたその情熱が、はたして恋と呼べる感情かどうかなんて、きっと吹雪にはどうでもいいことなのだろう。

それなら、とレンは思わず引きずられそうになる。

何も考えずに吹雪をかき抱いても、はたしてそれは許される行為だろうか。

胸に不穏な爆弾を抱えたまま、ずっと見ない振りをしてきた事実と戦いながら、レンは尚も自分自身へ問いかけた。

吹雪に惹かれているその心を、彼を抱くことで解放する。一時の衝動からそんな真似をして、後で傷つけないでいられる自信がない。それでも、吹雪を欲しいと思う気持ちは止められなかった。たとえ卑怯《ひきょう》だと罵《ののし》られる結果に終わっても、綺麗事など一言だって口にしたくない。それが、掛け値なしの一番正直な気持ちだ。

レンは深く溜め息をつき、ゆっくりと吹雪と視線を交じわらせる。

腕の中で返事を待つ、健気《けなげ》なその身体を魂ごと食い尽くしてしまいたい。

自分たちは、お互いに相手を欲しがっている。

それだけは、ごまかしようのない事実だった。

「──二階、行くか」

ギュッと吹雪の頭を両手で抱き寄せ、レンが決意の色を声音に響かせる。吹雪の「それって……」という声が、腕の中からくぐもって聞こえてきた。

「それって……その……話がある、とかじゃなくて……？」

「バカ。話より前に、やることができただろ」

「やること……うん、やることか……」

「シングルだから、男二人じゃきついと思うけどな」

続けてそううそぶくと、微かに笑っている気配が伝わってきた。

唇を重ねたまま、ベッドの上にもつれあって倒れ込む。いつもは耳障りなスプリングの音も、今だけはどちらの耳にも入らなかった。

「ん……」

口づけをくり返す間、吹雪の両手が何かを探すようにレンの背中をさ迷い続ける。その感触を楽しむ一方で、レンは一番上のボタンだけを片手で器用に外し、胸元からスルリと指を差し込んだ。

吹雪の鎖骨に、熱が溜まっている。その心地好さを堪能しながら、指の腹で何度かその窪《くぼ》みを愛撫《あいぶ》すると、彼はくすぐったそうに身をよじって逃げようとした。

「こら、逃げるな」

「だ……だって、何やってんだよ。触るなら、もっと別の場所が……」

「悪いか。俺は鎖骨フェチなんだよ」

大威張りで言い返すと、吹雪が呆れたように目を丸くする。その隙を突いて残りのボタンを立て続けに外していくと、薄闇の中でも鮮やかな吹雪の肌が眼前に現れた。それは、改めて確認するまでもなく、自分と同じ男のものだ。筋肉と弾力のバランスや綺麗な骨のラインなどが、女性とは別の美しさをレンへ知らしめる。同性の身体に見惚《みと》れるなんて、レンにとっては人生始まって以来の大事件だった。

「いい感じだな、吹雪」

「なっ、何がだよっ」

満足そうな一言に、吹雪が過剰に反応する。だが、今のレンには自分が男を組み敷いている不自然さなど、実に瑣末《さまつ》な問題でしかなかった。僅かに残していた余裕も理性も、もはや風前の灯《ともしび》だ。それくらい、吹雪の身体は綺麗だと思った。

滑らかな肌に唇を寄せ、触れた刹那《せつな》の吹雪の反応をひとつひとつ確かめる。次第に調子の出てきたレンは、そのまま彼の下半身へ右手を伸ばしてみた。気を逸らすため、同時に首筋にもやわらかなキスを贈り続ける。だが、いざジーンズを脱がしにかかろうとしたら、さすがに抵抗を感じたのか、吹雪の全身に不要な力が入った。

「……吹雪」

「わ……わかってるよ……わかってるけど……」

たしなめるような響きに頰を染め、吹雪は途方に暮れた目を見せる。彼のこんなしおらしい態度など、レンはかつて見たことがなかった。

「嫌ならやめるけど、どうする？」

「へ……」

笑みを含んだ声で尋ねてみると、案の定、吹雪はみるみる内に不機嫌な顔になる。笑いだしたい衝動をなんとか堪《こら》え、レンは彼の耳たぶに唇を近づけてささやいた。

「だから、おまえが嫌ならこのまま……」

「……ぅ……く……」

「なんだよ、吹雪。はっきり言えって」

「……も……い……いいからっ、ゴチャゴチャ言うなっ」

恥ずかしさを隠すためか、吹雪は殊更ガサツな声を出す。どうやら耳は弱いところらしく、肌がほんのりと上気していた。調子に乗ってしばらく耳たぶを甘噛みしていたら、子どものようにレンへかじりつき、吹雪は喘《あえ》ぎ混じりに降参のため息をついた。

「いいよ、もう……俺が抱かれてやる」

「え？」

「そのかわり、意地の悪いことするなよ。もう、いっぱいいっぱいなんだからな……」

可愛げに満ちたセリフが、ぞくぞくとレンの身体を駆け抜ける。その瞬間、自分でも戸惑うほど吹雪への愛しさが募り、レンは思わず胸が詰まりそうになった。

指先まで体温を上げながら、もう一度吹雪のシャツに手をかける。ボタンは全て外していたので、少し力を入れただけでそれは簡単に肩から落ちていった。

「やっぱり、シングルだとちょっと厳しかったかな……」

今更なセリフを苦笑して呟き、レンは露《あらわ》になった胸元に口づける。敏感なその場所は唇で優しく噛んだだけで固く形を変え、それがまた愛しさに拍車をかけた。

「……ふ……っ」

レンが乳首を口に含むたびに、零れる吐息が甘さを増していく。舌先で転がすように刺激すると、吹雪は大きく背をしならせてシーツを強く摑んだ。レンの巧みな愛撫に翻弄《ほんろう》され、細い身体がしっとりと潤み始める。微熱を帯びた口づけはそこかしこに散らされ、淡く浮かび上がる跡が一層レンを夢中にさせた。

「あ……っ……ん……んん……っ」

切なく声を高めながら、吹雪はゆっくりと身体を開いていく。

波のような快感に身を任せ、揺れる悦びを満喫するように、いつしか彼はレンの望むままに素直な反応を見せていった。

少しずつ大胆になっていく吹雪に、レンは引きずられるように服を脱ぎ捨てる。素肌を擦り合わせ、互いの体温を交換しながら再び吹雪の下半身へ触れると、待ち兼ねたように吹雪の全身が震えた。

「脱……がして……」

上ずる声でせがまれて、レンは手早く下着ごとジーンズを引き下ろす。明るい照明の下では許されなかっただろうが、闇が羞恥心《しゅうちしん》を奪ってくれたようだ。吹雪は大きく息をつくと、生まれたままの姿を改めてレンへ委《ゆだ》ねてきた。

「う……んん……」

もう一人の吹雪を右手で慈しむと、すぐに膨らみを増して張り詰める。レンは自分を慰める時の要領で指を絡め、力の加減に気をつけながらその場所を擦り上げた。

「あ……っ……う……っう……」

急に過激になった愛撫に、吹雪の喘ぎが激しくなる。その声が耳へ流れ込むたびに、レンは身体の芯から熱くうずくものが生まれるのを感じていた。

シーツからそっと吹雪の指を外し、その手に自分自身を触れさせる。吹雪は抵抗もなくそこに指を這《は》わせ、上がる息の下から何度も切なくレンの名前を呼んだ。

頃あいを見計らって先端の蜜《みつ》をすくい、そのまま後ろへ指を滑らせると、それまで閉じていた瞳が不安そうに見開かれる。間近で何かを訴えるように凝視され、レンは一度指を離してから「やめておくか……?」と訊き返した。

「何も、無理に身体を繋げなくても、このままで俺は充分満足だけど」

「あ……いや、そうじゃなくて……その……」

「どうした?」

「……レンは、いいのかよ。俺と……そういう風になっちゃっても……」

「あのな、今更そんなこと真面目に訊くな」

半ば呆れて言い返すと、それでもまだためらう様子が見て取れる。だが、本心から嫌がっているようには思えなかったので、レンは強引に事を進めていくことにした。

「ちょ、ちょっと……」

更に足を開かせて強引に身体を割り込ませると、吹雪は明らかに動揺した声を出す。レンは短かく躊躇した後、ゆっくりと瞳を吹雪と合わせた。

「少し無茶をするかもしれないけど……大丈夫か？」

「レン……」

「おまえが許すなら、俺は吹雪の全部が欲しい。ただ触れ合うだけじゃ足らないんだ」

「………」

吹雪は、驚いたようにレンを見つめ返す。

はっきり「欲しい」と口にしたのは初めてだと、言ってからレンも気がついた。

「……いいよ」

短く頷《うなず》いて、吹雪が観念したように微笑う。そうして消えそうなほど小さな声で、「俺もレンの全部が欲しい」と恥ずかしそうに付け加えた。

「あっ……！　あ……ああっ！」

レンを少しずつ飲み込みながら、吹雪は辛そうに目を閉じる。繋がった部分が熱く脈打ち、僅かな動きにも火のような快感が走りぬけた。

初めは注意深かったレンも、深く吹雪の中へ踏み込む内に理性がどんどん蕩けていく。我を忘れて吹雪をかき抱き、夢中になって口づけた。

ゆっくりと律動をくり返していくと、徐々に吹雪の声が甘さを取り戻していく。レンの背中に爪を食い込ませ、懸命にその動きに合わせながら、彼もまた高みへと向かい始めた。

「吹雪……吹雪……」

「ん……っ……あ……レ……ン……」

互いに名前を呼び合いながら、快感の動きを早めていく。もうどちらの声かもわからないほど、甘い音色は絡まったままだ。やがて吹雪が激しく身体をしならせ、いっきに全ての熱を溢れさせていった。次いでレンが絶頂を迎え、二人は力尽きた獣のようにぐったりと同時にベッドへ沈み込んだ。

「吹雪……」

自分の下で荒く息をついている吹雪に、レンはそっと声をかける。目線で何かと問いかけられたが、言おうとしていたことがわからなくなり、すぐ言葉に詰まってしまった。

変な奴、と吹雪は力なく笑ったが、その額には前髪が汗で張りついている。そんなささやかなことに気づいただけで、レンは幸福な気分になってきた。同時に泥のような疲れがじわじわとやってきて、瞼が異様に重たくなってくる。かろうじて後始末だけはしたものの、服を着る気力もなく再び吹雪の隣へもぐり込んだ。

そうだ、大事な言葉があったんだ。

身体を重ねる前に、うっかり言うべきセリフを忘れていた。

そう思った時にはすでに遅く、もう唇が動かない。睡魔に襲われたレンは告白を諦めて、代わりに吹雪の身体を引き寄せた。


朝なんか、いらないのに。

吹雪がだるそうに呟いた独り言で、レンはゆっくりと目を覚ます。いつの間にか、うたた寝をしてしまっていたようだ。張り詰めていた糸が、吹雪を抱くことで一時的にぷっつりと切れたのだろう。枕許に置いた腕時計を取り上げると、まだ夜中の一時前だった。

「……やべぇ。仕事、忘れてた」

「起きて、最初のセリフがそれかよ。あんた、男前のくせに色気ねぇな」

「そういうおまえは、相変わらず可愛くないな」

お馴染みの軽口を叩き合った直後に、ふっと二人とも黙り込む。互いの右腕と左腕が重なり合う狭いベッドに唯一の長所があるとすれば、それは相手との距離だった。息がかかるほどの近さで見つめ合っていると、視線を外すタイミングすら摑めない。けれど、言葉の足らない自分たちには、それくらいでちょうどいいのかもしれなかった。

もう一度引き寄せてキスくらいした方がいいのかとも思ったが、いい加減左腕が痺れてきたのでとりあえずレンは起きることにする。脱ぎ散らかした服が床に散乱し、ベッドへなだれこむまでいかに余裕がなかったかを、改めて見せつけられる気分だった。

「吹雪、さっき朝がどうとか言ってただろう？」

新しいシャツを身に付けながら、レンはベッドの中にいる吹雪へ話しかける。

「心配しなくても、この街に朝なんかやってこねぇよ。けど、おまえはほとぼりが冷めるまで、あんまり外をうろつかない方がいいな。あの雑居ビルなんて、もってのほかだぞ」

「行きたくたって、カモがいねぇよ。椿の野郎、皆の前で派手に引っ張って行きやがって。あれで全員引いたに決まってる。動じなかったのは、風見のジジイくらいなもんだった」

「稼げなくても、将棋は指したいだろう？」

着替えを終えたレンがそう言って振り向くと、図星だったのか吹雪はムッと顔をしかめた。

「いいから、あんたは自分の心配でもしてろって。どうすんだよ、椿との約束」

「それについては、ちゃんと考えがあるって言っただろう。それより、いつまでも裸でいたら風邪ひくぞ。寝るにしろ起きるにしろ、とっとと何か着てくれ」

「……ほんっと、憎たらしい男だよな。こういう時は、もっと……なんていうか、とにかく……違うもんだろう、いろいろと。俺、死ぬ思いで女役やってやったんだぞっ」

「それは、どうも」

吹雪が声を荒げれば荒げるほど、レンは笑いがこみ上げてくる。やがてからかわれていることに気づいたのか、吹雪はブツブツ文句を言いながら床から服を拾い上げた。その動きにいつもの機敏さが見られないのは、この際やむを得ないだろう。

胸が潰れるくらいの情熱の中で、誰かを抱いたのは生まれて初めてだった。そのため、受け入れる吹雪を思いやることもできず、彼にはだいぶ無茶をさせてしまったかもしれない。もしかしたら、そのせいで余計に照れ臭いのだろうか。

沈黙が続くとまた気持ちが盛り上がってしまいそうだったので、努めて吹雪を見ないようにしながら、レンはクローゼットからスーツの上着を取り出した。

「どっか行くのかよ？」

「ああ。王に相談してくる。どちらにしろ、椿に目をつけられたらもう案内人は廃業だ。迷惑をかける前に事情を説明して、仕事を辞めてくるよ」

「話は……？　あんた、俺に話があるって言ってたよな？」

「それは、帰ってからにするよ。大丈夫、すぐに戻るから」

「だったら、俺も一緒に……」

慌ててジーンズに片足を突っ込み、吹雪は急いで着替えを済ませようとする。だが、レンがそれを拒否する前に「王だったら、すでに何もかも承知だぞ」と不躾《ぶしつけ》な声が割り込んできた。レンと吹雪が同時にドアへ視線を向けると、ゆっくりと扉が外側に開かれる。廊下から土足のまま入ってきたのは、二人のよく知っている人物だった。

「貴島さん……」

「鍵が開いてたから、勝手に上がってきたぜ」

挨拶がわりに軽く右手を上げ、貴島はのんびりとこちらへ近づいてくる。だが、レンは直感的に嫌なものを感じ、自分の隣へ来るよう吹雪を無言で促した。

「……レン。おまえが椿んとこ行ったって聞いて、そろそろ頃あいかと思ってさ。長かったよなぁ、三年間。響から紹介されたって、おまえが初めて俺のスタジオに顔を出してから、俺はずっと今日という日を待ってたんだよ。ほんと、風見のジイさんには感謝しないといけないな」

「やっぱり、あんたも吹雪に目をつけてたのか。地下の将棋会場で会った時、おかしいとは思ったんだ。吹雪が連れてかれたって言われて、俺は真っ先にあんたが何か画策したんじゃないかと疑ったくらいだよ。でも、それよりもっとタチが悪かったな。本当に、響の言った通りの男だった」

「響がなんだって?」

レンの挑発に、貴島の表情が俄《にわ》かに険しくなる。二人の会話がさっぱり理解できない吹雪は、あからさまに困惑の色を浮かべながら黙ってレンを見つめていた。

「言えよ、レン。響が、俺のことをなんて言ってたって?」

「ごく当たり前のことさ。あの男を信用するな、気を許すな。まぁ、これは昔からのあいつの口癖みたいなもんだったけどな。だけど、おまえに関する限りそれは当たってる。一つ誤算があったとすれば、俺が思ってたよりもあんたの情報網は広かったってことだ。少なくとも、あと二、三時間は来るのが遅いと踏んでたのに。それだけは、褒めてやるよ」

「……ふん。おまえら兄弟は、揃って人をバカにしてやがる。でも、今夜の俺は機嫌がいいから聞き流してやるよ。それと、さっきから目を白黒させてる可哀相《かわいそう》なガキに、ちゃんと説明してやるんだな。ヤクザにパスポートやビザを取られたって、俺は痛くも痒《かゆ》くもないんだよってさ」

「………………」

「それ、どういうことだよ……」

吹雪が漏らした呟きに、レンより先に貴島が口を開く。

「どうもこうもないさ。いいか、よく聞けよ。こいつはなぁ、実は生粋《きっすい》の日本人なんだ。施設からガキん時に中国人の養父母に引き取られて、向こうで育っただけなのさ。おまけに、国籍はまだ日本にある。こいつが持ってる中国人としてのパスポートや就労ビザは、王が金で調達してやったもんなんだよ。レンなんて名前も、もちろん嘘っぱちだ」

「日本人……」

「それだけじゃない。おまえ、俺に情報を売ってくれって訪ねて来たよな？　恭一って男の行方を探してるって。金ができてから出直して来いって言ったけど、特別サービスでタダで教えてやる。なんせ、俺は今日から金の心配はしないで済む身分になるんだからな」

そう言って、貴島は晴れ晴れとした顔で笑った。上機嫌の彼に、吹雪があれこれ問いただしたいのを必死で堪えているのが手に取るように伝わってくる。

どうせなら自分の口から告白したかったが、こうなってしまった以上はもう仕方がない。レンは深くため息をつき、貴島が三年間待ち続けた瞬間とやらに付き合う覚悟を決めた。

「いいよ——言えよ、貴島。どうせ、吹雪には話すつもりだったんだ」

「レン、何をだよ……あんたら、さっきから何を言ってんだよ。俺、全然わかんねぇよ！」

「おやおや。将棋なら何手も先を読み切れるのに、現実問題となるとからきしなんだな。ま、それじゃあひとつ、レンの許可も出たことなんで俺から言わせてもらうとするか」

「…………」

「おまえが探してた恭一って男はな、他でもない、そこで上等のスーツを着て澄ましている、偽中国人の『享楽案内人』のことなのさ」

「は？　あんた、バッカじゃねぇの」

はたして何を言われるのかと身構えていた吹雪は、間髪容れずに切り捨てる。

「もったいぶって、何を言い出すのかと思えば……。悪いけど、カメラマンに専念した方がいいよ。こっちは、今それどころじゃないんだ。オヤジの寝言なんか、聞いてられっか」

「おお、ポチ風情がけっこう言うねぇ」

「うるせぇ。いくら俺がガキだったからって、恭一の顔くらいちゃんと覚えてんだよ。悪いけど、レンと恭一は全然似てなんかいない。あいつは、悪魔みたいだった。静かで口数が少なくて、生きて動いているのが不思議なくらい綺麗だった。だけどレンは……」

真っ直ぐに突き刺さる視線を感じ、レンはハッと顔を上げた。

まくしたてるように話しながら、吹雪はジッと自分を見つめている。貴島など眼中にないといった態度で、彼はただレンへ聞かせるためだけに口を動かしていた。

「レンは特別だ。俺の声が、この街で唯一届いた相手なんだ。恭一みたいに、他人を振り回したり操ったりなんかしない。だから、俺は……おまえの言うことなんか信じない」

「吹雪……──」

きっぱりと言い切ると、吹雪は悠然と笑いかける。

レンは、吹雪の心に棲《す》みついていた『恭一』という闇ごと彼をその手に抱いた。その瞬間から、吹雪にとってレンは特別な相手となったのだ。これは恋ではないんじゃないかとか、淋しさや動揺をごまかす行為かもしれないとか、そんな理屈を飛び越えて吹雪はレンを選んでいた。迷っていたのは、むしろ自分の方だったのだ。

「俺……は……」

無意識にレンの唇が動きかけた時、これみよがしな溜め息が貴島から聞こえてくる。彼は思い切り居心地の悪そうな顔で、吐き捨てるように言った。

「やれやれ、聞いてる方が恥ずかしくなってくるぜ。おい、レン。ここまでなつかれりゃ、そりゃあ情も湧くよなぁ。けど、俺は二度も同じ手には引っかからないからな。響は、今の小僧と同じ目で同じような戯《ざ》れ言《ごと》を俺に言った。そうして、一人で金だけ持って逃げたんだ」

「なんだって……？」

「顔色が変わったな？　そうか、さすがにそこまではおまえに話してなかったのか。……まったく、響って奴はほんとにわからない男だよ。どういうつもりで、おまえに俺に会うように勧めたりしたんだか……。まさか、俺を裏切ったことまで忘れてるんじゃないだろうな。いや……あいつなら、それもありうるか……」

クックックッと自虐的に笑う貴島に、レンは早口で問い詰める。

「今の話は本当か？　それじゃ、賭け金横領の件をおまえは昔から知ってたんだな？」

「知ってるも何も、あれは響と俺が組んでやったことだ。だから、ある日そこのガキが店に現れて恭一って男を探してるって言い出した時は、夢でもみてるんじゃないかと思ったさ。そう、確かに響は、あの父子の前じゃ恭一って名乗っていたからな。あれから十年たって、響と一緒に消えたガキがようやく舞い戻ってきたんだ。だったら、金の行方だって何か知ってそうなもんだろう？」

「それで、吹雪を見張ってたのか……」

「……俺の知ってる恭一は、本当は響って名前なのか？」

黙って話を聞いていた吹雪が、震える声でレンに問いかけた。

「そうなのか？　なぁ、響って誰だよ？　レンは、そいつとどういう関係なんだ？」

「レンじゃねぇ、そいつの名前は恭一だよ」

意地の悪い眼差しで、貴島が強引に口を挟んでくる。もはや吹雪も「信じない」とは断言できなくなったのか、強張った表情でレンの返事を待ち続けた。

「そろそろ、タイムリミットだな」

レンはゆっくりと瞬きをし、三年間で培った『享楽案内人』の顔を振り払う。ネオンに馴染んだ男の下から、肩書きのないもう一人のレンが姿を現した。

「レ……ン……？」

「……吹雪。貴島の言ってることは、本当だ。おまえが探していた恭一は、本当は響という名前で……俺の双子の弟だ。あいつは、俺の名前を騙っておまえたちと生活していたんだ」

「う……嘘だろ……」

「嘘じゃない。そして、俺は……吹雪、ずっとおまえのことをこの街で待っていた」

「なんだよ、レンまで何言ってんだよ……。もう、わけわかんねぇよっ！」

「だから、聞けって！」

鋭く一喝すると、パニックを起こしかけていた吹雪がビクッと反応する。彼は乾いた唇を何度も動かしかけたが、とうとう諦めたように押し黙った。

レンは長い吐息を漏らし、再び話の先を続けた。

「俺と響は、物心ついた時から二人きりだった。赤ん坊の頃に施設へ預けられて、そのまま親はどこかへ逃げちまったから。お陰で、未だにどこの誰かもわからない」

「…………」

「吹雪、おまえが何度も言ったように、俺たちは二卵性で少しも似ていなかった。でも、お互いが自身の存在証明でもあるかのように、それこそ片時も離れずに成長したんだ。ところが十歳になる直前に、俺は裕福な中国人夫婦に養子に出されることになって……。日本の仕事を終えたから、帰国する際に連れて帰るって言われて、俺も響も冗談じゃないって抵抗したよ。引き取りに来る前日に施設から逃げ出して、すぐに見つかって連れ戻されたりもしたな。結局、無理やり日本と中国に引き離されたんだけど、後で養父母に聞いたら日本で亡くした息子と俺がよく似ていて、どうしても諦めきれなかったらしい」

「じゃあ、もしかしてその息子の名前が……」

「ああ…〝蓮《レン》〟だ。だけど、俺はどうしても日本人でいたかった。残された響のためにも、それだけは譲るわけにはいかなかった。だから、息子の代わりを務める条件に、書類上の養子縁組はずっと拒み通したんだ。養父母が事故で亡くなった時にそれが災いして、結果的に親族に遺産から何から全部取られたけどな。お陰で、ずいぶん身軽になって帰国することができたよ」

「それなら、恭一……は……」

混乱の続く吹雪には、まだ『恭一』と『響』の区別などできるわけもない。

レンは薄く微笑み、あえて訂正をせずに首を振った。

「残念だけど、俺にもあいつが今どこにいるかはわからない。ただ、養父母と北京に渡った後も、数年の間は手紙のやり取りをしていたんだ。だけど、俺たちがちょうど十四になった頃、施設から響がいなくなったって連絡がきて……それきり、あいつは行方知れずになった」

「その数年後に……恭一は、俺と親父に会ったんだ……？」

「そういうことだな」

レンが穏やかに同意すると、吹雪は複雑そうな顔で口をつぐむ。響の行方が気になるのは貴島も一緒なのか、興味深そうにレンの話を聞いていた。

「響と再会したのは、俺が〝蓮〟から〝恭一〟に戻って帰国した後だ。今から三年ほど前だよ。それまで響がどうやって生きてきたのか、あいつは詳しく話さなかったけど……。久し振りに会った時には、別人のように変わってた」

「ふん、どうせあの綺麗な面を利用して、いろんな男や女を渡り歩いていたんだろうさ。そんな生活を長く送っていれば、誰だって荒《すさ》みもするよなぁ？　双子の片割れは何不自由ない生活の中で、笑っちまうくらいおセンチな手紙を寄越してたんだろうしよ」

嫌味なセリフを吐く貴島は、しかし彼自身が騙され、利用された一人に過ぎないのだ。レンは複雑な表情で貴島が黙るのを待ち、また静かに口を開いた。

「吹雪ならわかると思うが、響の心には誰にも理解できない闇がある。だから、もしかしたら再会した時のあいつの方が、本来の姿なのかもしれない。多分、俺が側にいる時には何かしらの歯止めになっていたものが、一人になった途端抑え切れなくなったんだ」

「闇……」

「そう。恐ろしく甘くて残酷な闇だ。響自身、それをどうコントロールしていいのかわからなかったんだろう。あいつの鏡だった俺だけが、響を正気に返らせることができる。だから、俺には責任があるんだよ。響のような人間を、一人で放っておいたらいけなかったんだ」

「そんな……」

蒼白になりながら、それでも吹雪は懸命に言葉を探す。

「だから……俺や親父を裏切ったっていうのか……？　ただ金が欲しくて、それで逃げたんじゃないのかよ。だって、一億だぜ？　普通の人間なら、誘惑されても……」

「違うんだ、吹雪。響は、金なんかどうでもよかった。ただ、全てをめちゃめちゃにしたかっただけなんだ。貴島をそそのかして横領の片棒を担がせたのも、単なるその場の思い付きにすぎない。あいつは、壊れてる。皆、そのことに気づいているのに、見て見ぬ振りをしてるだけなんだ」

「てめぇ、レンッ！　知ったような口、きくんじゃねぇぞっ！」

たちまち貴島は気色《けしき》ばんだが、レンは相手にしなかった。そう、もしも響が誰かに執着を見せていたならば、事態はもっと変わっていたに違いない。少なくとも、吹雪の父親は死なずに済んだだろうし、吹雪も将棋の表舞台で華やかな活躍をしていただろう。

だが、そんな想像をしても空しいだけだ。

レンはそっと手を伸ばすと、吹雪の古傷を愛しそうに数回指先で確かめた。

「さっき、俺はおまえを待っていたって言ったよな？」

「う……うん……」

「響から、預かったものがある。三年前、あいつはそれを俺に託すために会いに来たんだ。海沿いの小さな灯台のある町で、おまえとよく似た傷の持ち主を見かけたって言ってたよ。それがきっかけで、唐突にあることを思いついたらしい」

「何を……」

「今、見せる」

そう言うと、レンは束の間吹雪と甘い時間を過ごした、窮屈なシングルベッドへ歩み寄る。

今となっては遠い夢のような気さえするが、確かにここで自分は彼を愛したのだ。僅かな感傷に浸るレンをよそに、一体何をするつもりだと貴島は身を乗り出し、吹雪は釈然としない様子で成り行きを見守っていた。

化繊の安っぽい毛布を引きずり落とし、無言のまま乱暴にシーツを剝《は》ぐ。むきだしになった古びたマットレスは色が褪《あ》せているだけでなく、足下にあたる部分に一度切ってから雑に縫い合わせたような醜い跡が大きく目立っていた。

「――一億は、この中にある」

「え……？」

「言われたんだ。左目の上に傷痕がある、若い将棋の指し手に渡してくれって。ずいぶん乱暴な話だろう？　響の奴、吹雪の名前をちゃんと思い出せなかったんだ」

「思い……出せなかった……」

「……ああ。ごめんな、吹雪。でも、それが響って人間なんだ。ただ、いくらなんでも一億もの金を無防備に銀行へ預けるわけにはいかないだろう？　俺が戸惑ってたら、こうして隠しておけばいいからって入れ知恵までされたよ。多分、このベッドは世界で一番重いシングルベッドだろうな。なんせ、札束だけで十五キロ近くはあったから」

「寄越せっ！　それは俺の金だっ！」

突然、貴島が金切り声を上げてレンへ摑みかかってくる。吹雪が割って入る間もないほど、それは素早い動きだった。「俺の金」とくり返す彼は、目の前に億円があると知ってすっかり形相が変わってしまっている。夜の街で淋しく生きる若者たちの愚痴や悩みを聞いてやり、無邪気に慕われていた表の顔は跡形もなく消え失せていた。

「響は言ったんだっ。俺と一緒に、この街から出ていくって！　そのためには金が必要で、だから協力してくれないかと真剣な顔で頼んできた。今度こそ俺のものになるって証拠に、本当の名前を教えると言ってな。俺は、響があの男に拾われる前から、ずっと面倒をみてやってたんだ。それなのにフラリと出ていったと思ったら、いつの間にか別の奴と暮らし始めやがって……っ。俺はあいつと暮らすために、女房も子どもも捨てたんだぞっ」

「じゃあ、あんたが響をこの街へ連れてきたのか」

「ああ、そうだよ。俺は響に言われて、和泉会の人間が賭け金を持ち出す時間と場所を調べ上げた。あいつが俺の元へ戻ってくるなら、人殺しだってなんだってやっただろうさ。そうして、響が指示した通りに見せ金だけ残して後は新聞紙にすり替えたんだ」

「嘘だ……そんなこと……。だって、恭一はほとんど外へ出てなかったのに。どうやって、あんたと連絡を取ってたって言うんだよ。第一、それじゃ親父があんまり惨めじゃないかっ」

「あの男は、俺から響を奪った泥棒だっ！　死んだって当然なんだよっ！」

食ってかかる吹雪を払いのけ、貴島は一層大声でわめいた。

「あの当時、俺はずっとお前のアパートを見張ってたんだ。響が外へ出なくても、おまえや親父が留守にする時は必ずあったからな。会えるなら、どんな手だって使ったさ。ただ、金をすり替える時だけは単独じゃ無理があった。さすがに、そん時だけは響も外へ出てきたよ」

「成程なぁ。それなら、風見のジイさんはその響って奴を現場で見かけてたわけだ。それで、もう一人ガキが噛んでるんじゃねぇかって言ってたんだな。さすが、将棋で鍛えてるだけあって、まだまだもうろくはしちゃいねぇ。俺も見習わないとなぁ」

鷹揚《おうよう》と笑みを含んだ声に、ピタリと貴島の動きが止まる。

レンも吹雪も、わざわざ声の主を確かめることなどしなかった。目線を動かす間に、もう椿が部屋に入ってきたからだ。

「……懐かしい場所だな」

椿の後ろから、凛と通った声音で柚木が呟いた。

「この部屋に入るのは、ずいぶん久しぶりだ」

「柚木さん……」

「ほぉら、言っただろ？　柚木は幽霊と闘ってるってよ。てめぇが殺したも同然のガキが、昔この部屋に住んでたんだとよ。そいつがポチと同じ場所に傷を残してたもんで、ちょっとばかし気に留まったのさ。まさか、そのことが十年前の一億に繋がるとは思わなかったけどなぁ。つくづく、金に好かれてる男だよ」

おしゃべりが過ぎる椿に眉をひそめながら、柚木はレンへ向き直る。貴島は真っ青になってその場から逃げようとしたが、もちろん許されるはずもなかった。

椿が貴島に睨みをきかせているのを横目に、柚木はごく当たり前の口調で言った。

「そういうわけなんで、せっかくだが金は返してもらう」

「どうして、ここに……」

「貴島の後を、追ってきただけだ。あの男には、見張りをつけていたからな」

「え……」

「そうそう、王からの伝言だ。レン。おまえはクビだそうだ。日本人のくせに、中国人を騙ってたんだってな？　ずいぶんナメられたもんだって、怒り狂ってたぞ」

「クビ……」

どうして、今頃になって王はそんなことを言い出したのだろう。

一瞬、そんな疑問がレンの顔をよぎったのを柚木は見逃さなかった。彼は品のいい微笑を唇の端に刻むと、「おまえの親代わりだからな」と付け加えた。

「泣かせるじゃないか。王の奴、電話で必死に芝居してたぜ。そういうわけで、レンのパスポートやビザは偽造だから何の価値もありませんってな」

柚木の話に、レンは思わず胸が詰まった。王は迷惑をかけた自分を怒るどころか、懸命に庇《かば》ってくれたのだ。国籍など関係なく、レンを同胞と認めているからこその好意だった。

「しかし、貴島もバカな男だ。金なんか諦めて、さっさと街から出ていけば良かったものを。どうせ、逃げた男が戻ってくるんじゃないかと儚《はかな》い望みでも抱いていたんだろうが」

「響にはきっと俺が必要になる！　だから、俺はここにいなくちゃいけないんだ！」

「残念だけど、そいつは叶わぬ夢ってヤツだろうなぁ」

箍《たが》が外れたように叫ぶ貴島に、椿の容赦のない一言がとどめを刺す。無論、全てを柚木たちに知られた以上、彼が生きて響に会える日は永久にやって来ないだろう。

「……柚木さん。最初から、貴島のことを疑っていたんですか……？」

レンの質問に、さすがの柚木も苦笑を隠せなかった。

「俺たちじゃない、風見さんだよ。十年前の一件で、見せ金をすり替えられた組員は責任を取って全員処分された。だが、兄貴分だった風見さんは将棋の腕が良かったんで、会長から目をかけられててな。一億の代わりに左の指を二本詰めて、組を破門されただけで済んだってわけだ。しかし、それじゃ自分の気持ちが収まらない。生き恥をさらしながら風見さんがこの街に留まったのは、絶対に犯人を見つけてやるって執念からだよ。破門された人間の言うことにようやく耳を傾けたのが、たまたま俺と椿だったってことだ」

「そうだったんだ……」

風見が軍手を嵌めていたのには、そういう理由があったのだ。右の指を奪われなかったのは、将棋が指せるようにとの会長の計らいだったのかもしれない。

「あの……風見さんは、どうして貴島に目を……？」

「賭け金をすり替えられたのが、あの地下の将棋会場なんだよ。事件の直後から急に出入りをやめた貴島を、風見さんは最初から怪しいと踏んでたんだ。だが、どう考えても一億もの金をヤクザから盗む度胸がある男には思えない。その日に限って姿を見かけたガキといい、何か裏で繋がりがあるだろうってんで、ジッと根気よく時期を待ったんだ。これは、風見さんにとっちゃ意地の問題だからな。締め上げて吐かせたらそれで終わりっていう、単純な話じゃなかったんだ」

恐らく、風見の執念に柚木は敬意を払っているのだろう。いつになく饒舌《じょうぜつ》に、事件のあらましをレンへ説明してくれた。

「そうか……。貴島は、吹雪がこの街にやってきたんで、その動向をチェックするためにまた会場に姿を現すようになったんだっけ……。死んだ真剣師と同じ指し手と前後して貴島が目の前をウロチョロし始めれば、ますます確信は高まりますよね」

「そういうことだ。だが、まさか金を持ってたのがおまえだったとはな」

「……金のことは、貴島にも言いませんでしたから。響に金を渡されて、成り行きでこの街へ来た時も、本当は住みつくつもりなんかなかったんです。だけど、ふとしたことで知り合った王さんに、何ヶ国語も話せるんなら仕事を回してやるって言われて。ただ、彼の決めたルールではグループに外国人はいれられないってことだったんで、中国人の振りをするしかなくて……」

「身元をごまかすにも、ちょうどよかったってわけだ。なにしろ、行き場のない一億もの金を隠し持ってたんだからな」

「そのことで、お願いがあるんですけど」

キッと居住まいをただして、レンは正面から柚木の目を見つめ返す。そのまま彼と視線を合わせ続けるのはかなり至難の業だったが、怖じけづいてる時間などなかった。

「ムシのいい話ですが、この一億と引き換えに吹雪を自由にしてやってください。あいつは、本当に何も知らなかったんです。響の行方は俺にもわからないけど、彼の代わりに俺ができるだけのことはします。……金でも指でも」

「へぇ……命でもか？」

「レンッ！」

椿の入れた茶々に、吹雪が鋭い声を上げる。だが、レンは顔色一つ変えずに静かに頷いた。

「——命でも。理由はどうあれ、あなたたちの金を俺が持っていたのは事実ですから」

「レン……」

「悪いが、暑苦しいのは苦手だ」

柚木は一言そう呟くと、くるりと背中を向けて歩き出した。貴島を遊び半分に蹴飛ばしながら、その後を椿が弾んだ足取りでついていく。拍子抜けしたレンと吹雪が言葉もなくその様子を見送っていると、部屋を出る寸前、思い出したように椿が振り返った。

「おいおい、何ボンヤリ見てんだよ。ポチ、さっさと金をカバンに詰めて持ってこい」

「お……俺が？」

「おまえしかいないだろうが。そこの兄ちゃんは、もうこの街に存在しない人間なんだよ。

名前も国籍も、俺たちが知っていた男とは別人だ。そんな人間に、金なんか持たせられるか」

「存在……しない……」

「……下で待ってる。さっさとしろよ」

意味深な笑みを浮かべた椿は、最後にレンへ声をかける。

「てめぇ、よくよく度胸の据わった男だなぁ」

「俺が？」

「三年間、一億円の上で寝てたんだろ。俺には真似できないね。我慢できずに、パッと使っちまいそうだ。ま、そんなことしてたら、たちまち目をつけられてただろうけどよ」

「…………」

他人から言われるまで意識していなかったが、確かにその通りだ。しかも、数時間前には吹雪をそのベッドで抱いてしまった。椿がそこまで察しているかどうか定かではなかったが、レンは改めて響に縛られていた長い時間を思い知ったのだった。

皆、部屋を出ていき、後には二人だけが残される。

それは、別れのために用意された十分間だった。

「施設を飛び出した後も、響はずっと俺の状況を気にかけてはいたらしい。あいつと違って、俺の養父母は身元がちゃんとしていたから調べやすかったんだろう」

カッターナイフでマットレスを引き裂き、上に詰めた綿を取り除くと、百万ずつ束にされた一億円が姿を現し始める。それを見るなり、吹雪が短かく息を飲んだ。響と別れた日、彼が持っていた二つのボストンバッグの中身が十年の月日を経て日の前に出てきたのだから、無理もなかった。

「……でも、つくづく不思議な奴だよな」

気が抜けたように床へ座り込み、レンがスポーツバッグに札束を移す光景を眺めながら、不可解な顔で吹雪は言った。

「短い間とはいえ、仮にも一緒に暮らしたんだぜ？　どうやったら、名前すら綺麗に忘れられるんだよ。あいつがレンに俺の名前さえ教えていたら、もっと早くわかったのに……」

「多分、忘れたかったからだ」

「え？」

「逆を言えば、そのことが俺にとっては唯一の救いなんだ。響が吹雪や親父さんの名前を忘れたのは、罪悪感の表れなんじゃないかって。少なくとも、貴島に対しては欠片も感じなかっただろう罪の意識を、おまえたち父子には感じていたんだよ。だから、響は俺の名前を呼ばせてたんだと思う。それが、響にとっては最大の好意なんだ。恭一でいる間は、響は自分の闇からなるべく目を背けていられただろうから。……まぁ、結局は長持ちしなかったんだけどな。でも、あいつの中で吹雪たちが特別だったのは間違いないよ」

「…………」

それで彼のしたことを、許せと言うつもりは毛頭ない。だが、レンの言葉を吹雪はゆっくりと噛み締めているようだった。

理解しがたい響という人間を、それでも憎み切れないでいる、そんな自分を吹雪自身持て余しているのだろう。

「さっきも話したけど、俺は響を一人にしたことに負い目があった。それに、日本に戻ってもさしあたってやることなんかなかったし、少し迷ったけどあいつの望み通り金を預かることにしたんだ。吹雪に会って、そのことを後悔する羽目になるとは想像もしてなかったよ。実際、手がかりが少なすぎて本気で会えるとも思っていなかったしな。だから、進んで行方を探そうとも思っていなかった。いい加減にふらふらと、毎日自分をごまかしながら生きていた」

「使っちゃおうとかは、考えなかったのかよ？」

「そういうところ、俺と響は似てるんだ。金があってもなくても、そんなのはどうでもいい。あるのに越したことはないけど、他人の金まで使おうとは思わない。それより、俺には今でも響の方が心配だよ。ああいう奴だから、どこで恨みを買っているかわからないだろう？本人はいたって普通にしているつもりだけど、なんだか見ているだけで不安だった。現に、

俺に金を渡した翌日にはもうあいつは消えてしまって、それきりどこでどうしているのかわからない」

「レンの言ってること、わかるよ……。見てるだけで不安だった。俺も」

低い声で呟き、吹雪は不意に顔を歪める。

「だけど、やっぱりまだわからない。恭一は、どうして俺と親父を裏切ったんだろう……」

「貴島の前だから、言わなかったけど」

「え？」

「逆上されると困るからさ。でも、俺は響から聞いてるよ。金の出所は話さなかったけど、そのために人が死んだって。自分が殺したようなものだけど、そうするしかなかったって」

「そうするしか……なかった……？」

愕然とする吹雪に、レンは「そうだよ」と控えめに答えた。

「響は、確かにそう言った。誰も愛したことがない。欲しいと思ったこともない。だけど、初めてそうなりかけたって。気がついたら、怖くて怖くて仕方がなくなってた。全部壊してゼロにしてしまわないと、自分が死ぬかもしれないと思ったって」

「死ぬかも……しれない……」

「吹雪には申し訳ないが、俺にはその気持ちがわかるんだ。俺は、ずっと死んだ息子の身代わりをさせられていたからな。響とは逆に、素で生きるのが怖かった。そんな俺に、愛想笑いさえ浮かべていればいい案内人の仮面は気楽だったんだ。でも……正直言って今は怖い」

「今は怖いってことは……俺が見てるレンは、素のまんまなんだ……？」

吹雪の声が少しだけ明るく響いたので、レンは救われたように微笑む。

そうして、静かに、できるだけ感情を押し殺して言った。

「椿さんが言ってただろう？　俺は、この街から出ていかなきゃならない。案内人もクビになったしな。どのみち、響の呪縛《じゅばく》からは解放されたんだ。ここにいなけりゃいけない理由はない」

「…………」

「それに……理由はどうあれ、俺はおまえの親父を殺した人間の身内だ。わかっていながら、それを告げずにおまえを抱いた。そのことをなかったことにはできないし、吹雪だって冷静になる時間が必要だと思う」

「……嫌だよ……」

「吹雪……」

「嫌だ……」

レンの言葉に、吹雪は何度も首を振る。逆らっても無駄だと知っていながら、それでも離れることを心が許さないのだ。幾度も口を開きかけ、声にならない想いを伝えようと空しい努力をくり返す、その必死な姿が愛しかった。

「吹雪……」

愛してる、とか好きだとか、ささやくだけなら簡単だ。当てにならない約束を、その場しのぎに交わすことだってできるだろう。

けれど、レンは言葉の代わりに吹雪へ近づくと、思い切りその身体を抱き寄せた。

「レン……」

「おまえの闇は、俺が持っていく。だから、響のことは今日限り忘れるんだ。金を椿に渡したら、その足でおまえも街を出ろ。いいか、必ずここから出るんだ」

「どうして……」

「名前も知らなかった吹雪と、こうして会えた。そのことだけは、響に感謝してる。だけど、このままあいつの影を引きずっていたら、俺もおまえもいずれ闇に取り込まれる。俺は……おまえにそうなって欲しくない。だから……」

熱い固まりが喉を塞ぎ、それ以上言葉が続かない。

レンは優しく吹雪を上向かせると、そのままそっと彼に口づけた。柔らかな感触が冷え切った唇を暖め、やがてその熱は二人の身体を甘く包み込んでいく。もしも許されるなら、このまま吹雪と溶け合ってしまいたかった。自分にそれを望む資格がないのは百も承知で、瞬きするほどの間だけレンはそんな夢を見た。

階下で、椿の急《せ》かす声がする。

レンはもう一度素早く吹雪と唇を重ねると、きつく彼を抱きしめた。

「……好きだよ」

小さく小さく、吹雪が呟く。

その声を忘れない、とレンは強く思った。

「大好きだよ、レン……」

腕の中で、吹雪はくり返す。

それは消えない音色となって、最後の夜を彩った——。

エレベーターを降りて一歩外に出ると、すでに周囲は闇に包まれていた。

「なんだ、もうそんな時間か……」

星の見えない空を仰ぎ、青年は口の中で呟きを漏らす。ここ数日でずいぶん陽が長くなった気がしていたが、いいカモを見つけたせいもあって、つい長居をしてしまったらしい。

「……ったく、しつこいジジイだよなぁ。片馬で俺に勝とうなんて、十年早いんだよ」

もう一局もう一局、と粘られている間に、あっという間に五時間だ。だが、老人はカモであると同時に年の離れた友人でもあるので、そう無下にも扱えないのだった。

「あれで指が全部揃ってたら、言うことないんだけどな」

青年はホッと一息つくと、ネオンが瞬《また》き出した繁華街へ足を向ける。老人のお陰でかなり懐が暖かくなったので、『銀龍』にでも寄って行こうか、などと考えた。現金なもので、まともな食事ができると思った途端、もう足が弾んでいる。特に真剣で将棋を指した後は、猛烈な空腹を感じるのが常だった。

「あ、その前に今日こそ大家に言わないと！」

真っ直ぐ『銀龍』へ向かうつもりだったが、仕方なくいったん家に戻ることにする。

この一年余り、騙し騙し使っていたドアがとうとう壊れたのだ。出がけの際、蝶番《ちょうつがい》からガタンと外れた扉を面倒なのでそのままに放置してきたことを思い出し、青年はたちまち暗い顔つきになった。

まったく、鍵を取り替えるどころの騒ぎじゃねぇよ。

胸の中で毒づいた後、廃屋と見まごう場所に居座っている自分が悪いのか、と少し反省する。盗まれて困るようなものは何もなかったが、さすがにドア全壊となると考えものだ。建物全部を取り壊してアパートにしたい大家は、彼が引っ越してくれることを密《ひそ》かに望んでいるようだったが、青年は別の場所へ移るつもりなどさらさらなかった。

「ま、住めば都って言うしな」

気を取り直して角を曲がると、すぐに目印の看板が見えてきた。スナックはとっくに閉店しているのに、看板だけが昨日の続きのように当たり前の顔をしてそこにある。その光景を目にするたび、青年は初めてこの家を訪れた時の奇妙な感動をいつも思い出すのだった。

「……あれ」

横倒しにしたままだった扉が、ご丁寧に外の壁に立てかけてある。親切な通りすがりか、あるいは大家でも来たのだろうか。青年は首を捻《ひね》りつつ中へ入り、真っ暗な店内を勝手知ったる足取りで階段まで歩いていった。

スニーカーを乱暴に脱ぎ捨て、鼻歌を歌いつつ階段を昇っていく。大家の電話番号ってどこにメモしてたっけ……などと考えながら寝起きしている手前の部屋へ入った彼は、そのまま凍りついたように動けなくなった。

「レ……」

「――吹雪。おまえ、俺の言うこと聞かなかったな?」

「レン……」

上等なスーツの上からスプリングコートを羽織り、相変わらず一分の隙もなく決めたレンが部屋の中央に立っている。彼の後ろには、吹雪があれから買い直した質素なシングルベッドがあった。

「う……」

嘘だろ……と呟きそうになり、吹雪は慌てて唇を閉じる。

何度も瞼に思い描いた顔だったが、こうして実際に目の前へ現れると、記憶の何倍も愛しさがこみ上げてきた。レンは人を食ったような笑顔で、そんな吹雪の反応を楽しんでいる。

相変わらず、憎たらしい男だな。いつもの調子でそう毒づいてやりたかったが、それよりレンの帰還を現実のこととして受け入れるだけで精一杯だった。

「レン……」

ようやく我を取り戻した吹雪は、高まる鼓動を抑えながらゆっくりと近づいていく。どうか、これが夢ではありませんように。そんな願いを込めて目の前に立つと、レンが小バカにしたように鼻先でフンと笑った。

「少しはデカくなったかと思ったら、おまえあんまり伸びてないなぁ」

「……久しぶりに会って、最初のセリフがそれかよ」

「他に、なんか言うことあったか？」

勝ち誇ったように意地悪を言われて、たちまち吹雪は気分を害す。レンと別れたあの夜からずっと待ち望んでいた瞬間なのに、少しも甘い雰囲気にならないのは何故だろう。

吹雪の不服顔を見て、レンはますます嬉しそうだ。上機嫌でベッドに腰を下ろすと、まるで犬でも呼びつけるように人差し指を曲げて吹雪を呼ぶ。相変わらず犬扱いかよ、と思いながらも逆らえず、床にぺたんと腰を下ろすと、レンが上半身を屈めて顔を近づけてきた。

「……ただいま」

小さくそうささやくと、舌先で吹雪の古傷を舐め上げる。その瞬間、弾かれたように吹雪が抱きつき、二人は重なり合ったままベッドの上に倒れ込んだ。

「おまえも俺も、結局は戻ってきちゃったな」

腕の中に吹雪を抱きながら、天井を見上げてレンは言う。

「なんだかんだ言って、おまえの闇は消えなかったわけだ」

「……そうかもな。俺、将棋が指せればどこでもいいって思ってたけど、違ったよ。あの地下の、場末の煙の中でなきゃダメなんだ。金を賭けて、食うか食われるかみたいな空気がないと生きていけない。それがわかった途端、もう街に舞い戻ってた。それに……」

「ん？」

「今度は、俺が待つ番だから、この街で待っていれば、いつかきっとレンに会える。それまで、もうどこへも行かない。そう決めて、ここで生きてきたんだ」

「そうか……」

抱き寄せる腕に力を入れ、レンはしんみりとそう呟いた。別れた夜から、もう心の行き先は決めていた。後は、時間が許してくれるまでひたすら待った三年だった。

「自分でも、信じらんねぇよ。たった一回抱いただけの相手のために、三年間禁欲したなんて。正確には、三年と二ヵ月か。この部屋を出たの、二月だったもんな」

「禁欲って……マジで？」

「まぁ、気持ちの上では」

控えめに訂正を入れ、レンは悪びれずに唇を寄せる。

互いの吐息が交わる寸前、ふと動きを止めた彼はもう一度口を開いた。

「おまえ、待ってたって割にはなんでベッドがシングルなんだよ。せめて、セミダブルくらいは用意しとくもんだろう。また狭い場所で騒がなきゃならないじゃねぇか」

「何、言ってるんだ。あんたは居候だろ？　今、この部屋を借りてるのは俺なんだから。だったら、居候は居候らしくソファで寝てもらわないと」

「……え？」

「心配しなくても、寝袋も毛布も全部取ってあるからさ」

「吹雪……おまえなぁ……」

新たな文句が生まれない内に、吹雪は自らの唇でレンの唇を素早く塞いでしまう。

それは、離れていた時間を取り戻すような、長く濃密なキスだった。絡めた舌で互いを煽り、漏らす溜め息を心ゆくまで堪能する。時折空に散る微かな音が、なまめかしく吹雪の五感を刺激した。

そういえば、初めてレンとキスした時、ベッドから転げ落ちたんだっけ。

不意にそんなことを思い出し、吹雪は何故だか泣きたくなった。

「情けないよな」

吹雪の感傷をよそに、語尾を甘く湿らせてレンが呟く。

「三年も離れてて、わかったのは当たり前のことばかりだ」

「え……」

「俺は、もうとっくに闇に取り込まれてたんだ。おまえを抱いた、あの時から」

「…………」

「だから、戻ってきた。三年が長いか短いか、そんなことはわからない。でも、吹雪に会いたかった。俺もおまえも、この街でしか生きられない。それなら、もう開き直るしかないだろう」

「レン……」

「愛してるよ、吹雪。ずっと、それだけが言いたかった」

「うん……俺も……ずっと、あんたからそのセリフが聞きたかった」

微笑みながらレンを見つめ、吹雪は熱く溜め息をついた。ようやく自分の居場所を見つけたような気持ちになって、そのまま静かに瞳を閉じる。

吹雪には、闇に包まれていく自分たちの姿が見えた。

それは心地好いやわらかさで、夜にしか生きられない二人に腕を広げている。抱きしめ返せば、後はネオンの光しか届かない海の底だ。

そう、夜はこれからだ。

自分たちの時間も、今からが本番だ。

汝、眠る事なかれ

背後で扉が閉まると、ロウソクの炎の色が一層鮮やかに見えた。

どうして、死体のある場所というのは大抵薄暗くしてあるのだろう。煌々《こうこう》と明るい照明の似合うシロモノでないのは当然だが、それにしたってあまりに陰気すぎる。

柚木瑛《ゆずきあきら》は、固いベッドに横たわる男を瞬《まばた》きもせずに見つめ、小さく息をついた。陽気で残酷だった彼が、これほど静かに眠り続けていることが不思議でならない。何十となく人の死に様を見てきた自分でさえ、何かに騙《だま》されているんじゃないかと思うほどだ。

「……椿《つばき》……」

今夜限り、その名前を口にすることはないだろう。

そう思っていたら、返事の代わりに線香の煙が大きく揺れた。背後で開いたドアの向こうから、聞き覚えのある低く滑らかな声が耳に入る。

「なんだよ、おまえ一人だけか。椿の奴、思った通り人気がねぇな」

「霧生《きりゅう》さん……」

「外に供も待たせないで、無用心だな。柚木」

「……よりによって、あなたが来たんですか」

「来てくれたんですか、だろうが」

無愛想な口をきいて部屋にズカズカ入ってきたのは、柚木が所属する和泉会《いずみ》の幹部連中を束ねている、霧生道信《みちのぶ》だ。百九十の長身に、スーツの上からでもわかる引き締まった身体《からだ》。他人を支配することに慣れた漆黒の目は、優雅だが底知れない破滅の色をたたえている。柚木より二つ年下の彼は、妾腹《しょうふく》ではあるが和泉会会長の末息子でもあった。

「死体安置室ってのは、いつ来ても貧乏臭《くせ》ぇところだな。……椿も気の毒に」

唇の片端だけを皮肉っぽく上げて呟《つぶや》き、道信は繁々と椿の死に顔を眺める。もともと彼と椿は初対面の時から相性が悪く、たまに顔を合わせてもろくな会話を交わさなかった。立場は遥《はる》かに道信の方が上なのだが、椿の辞書に「礼儀」や「けじめ」といった単語はない。道信も取りたててそこにこだわる性格ではなかったので、彼らは互いに距離を置き、相手の動向をそれとなく意識する緊張した関係に留《とど》まっていた。

「……それにしても、俺が想像していたより数年早死にだったな。柚木、てめぇが呼び捨てになんざさせるから、椿も付けあがったんだよ」

「自由に遊ばせるのを条件に、拾った人間ですから」

「甘いな。その結果が目の前に出てるっていうのに、まだそんな口きいてんのか」

「…………」

「おまえは、いつも可愛がり方を間違えてる」

道信の言葉に柚木は黙り込み、彼の言うことは正しいかもしれない、と思った。

椿という男は、誰の目から見ても組織に属するタイプの人間ではない。それは、彼を最初に見た時から柚木にもわかっていることだった。だが、椿の豪胆な行動や動物的な直感の鋭さが気に入ってしまい、どうしても手駒《てごま》として欲しくなったのだ。

自分が声をかけようがかけまいが、どのみち長生きのできる男ではなかった。

だが、彼の寿命を縮めたのはやはり側《そば》へ置こうと決めた自分のせいかもしれない。

淡々とそんなことを考えていたら、道信が肩を軽く揺らして苦笑を漏らした。

「今となっては、一度くらい殴ってみたかったよな」

「椿を……ですか？」

「いや、おまえを」

思いがけない返事に真意を計りかね、柚木が眉《まゆ》をひそめる。道信は愉快そうな笑みを浮かべ、椿からゆっくりと視線をこちらへ移してきた。

「目の前でおまえを殴った方が、心理的なダメージは大きいだろう？　まともに相手したら、この狂犬を喜ばせるだけだ。まぁ、おまえの顔と椿を天秤《てんびん》にかける気なぞさらさらないが」

「………………」

屈折したやり方だが、確かに効果はあるかもしれない。椿は自分に向けられた切っ先なら嬉々《きき》として向かっていくが、回りくどい方法には激しい嫌悪を示したからだ。策士の顔を持つ柚木とはそこが相入れず、フラリと彼の元から姿を消したのが一ヵ月前のことだった。

「まさか、死体で戻ってくるとはな」

道信の呟きは、そのまま柚木の思いでもある。

椿を拾って二年になるが、これまでにも何度となく椿は勝手にいなくなった。

理由はまちまちだったが大抵一週間もすれば戻ってきたし、さほど気にするようなことでもないと思っていた。椿はビジネスの面でも有能なパートナーだったが、彼がいなければ仕事が滞るというほどでもない。柚木が見出した彼の存在価値は、精神的に自分と対等だという点なのだ。人生において同じ嗅覚《きゅうかく》を持ち、同じ次元に喜びを感じる。そういう人間は、なかなか現れない。特に、柚木は今までそういった存在に期待をしていなかったので尚更《なおさら》だった。

だから、今度もすぐに戻ってくると思っていた。

二週間が過ぎ、三週間目も半ばとなるとさすがに懸念が出てきたが、不穏な情報は入ってきていなかったので少なくとも生きてはいるだろうと安心していたのだ。道信が言った通り、まさか死体で戻ってくるとは夢にも思わなかった。

「なぁ、柚木」

再び椿の横顔を見つめながら、道信は言う。

「こいつは、なんで死んだんだ？」

「そんなことに、興味があるんですか」

「まぁな。俺のところに少しも話が入ってこない。おかしいじゃねぇか」

「……俺が止めてますから。椿は俺の手駒だ。いずれにしても、彼が死んだのは和泉会とは無関係の理由からです。ご心配には及びません」

「わかってねぇな。おまえが止めてるってとこに、俺は興味があるんだよ」

視線は前を向いているにも拘《かか》わらず、道信の声だけが身体に絡みついてくるようだ。彼の口調はいつもこんな風で、全《すべ》てを知っていてあえて知らん顔を決めこんでいるのかと勘ぐりたくなるほど自信に満ちていた。

だが、柚木は答えられなかった。

本当のところ、椿がどうして死んだのか、一番知りたがっているのは自分だからだ。わかっているのは、彼が何者かに刺されて死んだということと、ほとんど抵抗らしい抵抗をしなかったという驚くべき事実だけだった。

「解剖した医者の話だと、左わき腹をかなり深く刺されているということです」

「女じゃねぇのか。こいつ、けっこう派手だったからな、遊び方が」

「その辺は、調べさせてます。警察にも何人か知り合いがいるんで、直にわかるでしょう」

少しも乱れない声音《こわね》が、逆に道信の関心を引いたらしい。彼は興味深そうに腕を組むと、そそのかすように口を開いた。

「それで、おまえはどうするんだ？」

「え？」

「椿を殺した奴を見つけて、復讐《ふくしゅう》するつもりなのかよ？」

「復讐……ですか……」

それを言うなら、「報復」だろうと柚木は思う。自分が面倒をみていた人間を殺されて、黙って引き下がるヤクザなどいない。この場合は、私的な理由よりもメンツの問題だ。ここで柚木が動かなかったら、身内の笑い者になるだけだった。

「相変わらず、突っ張ってやがるな」

道信はそう言うと、意味深な笑顔で沈黙する。あくまで個人的感情ではないと強調する柚木が、おかしかったのだろう。椿が死んだと一報が警察から入り、遺体解剖からようやく戻ってきた彼と対面できた今も、普段と少しも表情が変わらない。そんな態度を「突っ張ってる」などと子どものやることのように言えるのは、和泉会でも道信だけに違いない。

何故《なぜ》なら。

柚木が、それを道信に許しているからだ。

「可愛がり方を間違えてる……か」

「ん？　なんか言ったか、柚木？」

「いえ……なんでもありません」

静かに首を振り、柚木はホッと一つ息をついた。ともかく、今は椿を殺した人間を見つけるのが先決だ。思いがけず道信と顔を合わせ、気を引き締め直すことができたことを感謝しながら、柚木はそっと椿へ右手を伸ばす。

道信がぎょっとしたように見つめる前で、柚木はその指先を青白い唇へ近づけた。

「……椿……」

真夏の路上で初めて会った時、椿は柚木を見て「あんた、汗をかかないんだな」と言った。ぎらつく陽光の下でも涼しげな表情を崩さず、隙《すき》のないたたずまいを見せる柚木が気に入った口ぶりだった。あんたの側はひんやりしてていい、とうそぶいて後ろについてきた。

だが、今は彼の方が数倍も冷たい。きっと、本人もあの世で首をかしげているだろう。

「気の毒に」

柚木の呟きに、道信がますます不可解な顔を見せた。

「おい、柚木……」

「退屈だからと、眠るのを何より嫌っていた男でしたからね」

薄く微笑《ほほえ》んで道信に説明をし、ゆっくりと手を戻す。

もう、これきり感傷に浸るのは終わりにしよう。椿がいてもいなくても日々は過ぎていき、やることは山のように自分を待っている。

背中を向けて歩き出した柚木を、道信の視線が追いかけた。

「しっかり歩けよ、柚木」

「……歩いてますよ」

「じゃあ、俺の目がおかしいのかもな」

くっくっと背後で笑い声がし、柚木は不愉快そうに眉をひそめた。


数日後、椿の葬式が行われた。

柚木が喪主を務めた式は、身内のいない彼に相応《ふさわ》しいひっそりとしたものだった。参列者は柚木の配下で椿と面識のある人間が数名と、最後に彼と付き合った嶺奈《れいな》というホステスが一人。彼女の艶《つや》っぽく胸の開いた喪服のドレスに、若い構成員たちはたちまち色めきたった。

「本当は、こんなとこに来るつもりなんか全然なかったんだけど」

柚木の前で、嶺奈は悔しそうにマスカラの取れた目を瞬《しばたた》かせる。読経の最中はうるさいくらい泣いていたが、さすがに火葬場まで来ると精魂尽き果てたようだ。

「だって、あの男ってば死ぬまでの一ヵ月、一度だって連絡を寄越さなかったのよ。そもそも、この街から消えていたみたいじゃない。もし死ななかったら、あたしからあのまま逃げるつもりだったのよ」

「別れ話は？」

「してないわ。でも、柚木さんと何かあったんでしょう？　消える前の晩はひどく機嫌が悪くて、あたし殴られそうになったんだから。でも、あの人っていつも寸前で止めるの。そりゃもう一センチ前とかで。お母さんがよく殴られてたから、女は殴れないんですって」

最後のくだりを少々誇らしげに語り、彼女は一礼すると斎場から去っていった。椿が女を殴れなかったというのは柚木も知らなかったことで、正直「まさか」という思いが残る。小動物だろうが女、子どもだろうが、弱者は総じて彼の眼中にはないと思っていた。だから、「殴らない」なら納得はいくが「殴れない」となるとかなり意外だ。

「死んでからわかったことなんて、知らなかったのと同じだな」

自嘲《じちょう》気味に独りごち、柚木は控えめな溜め息をつく。

今日は葬式日和《びより》な曇り空で、どんよりと雨雲が厚く空にたれこめていた。梅雨にはまだ少し早いが、そのせいかひどく肌寒い。

「……嫌な日だ」

小さく呟いて腕時計を見ると、もうすぐ夕方の五時になろうとしていた。この分だと、家に着替えに戻る時間はなさそうだ。昨夜の電話で強引に決められた約束を思い出し、柚木はもう一度息をつく。椿の一件で疲れていたせいか、上手《うま》く断れなかった自分に舌打ちをしたくなった。

天気の悪い日は、小指に残った傷痕《きずあと》がうずく。普段は忘れていられるのに、今日はやたらとそれが気に障った。ウンザリしながら空を見上げると、細い煙突から薄く煙がたなびいていく。成仏、という言葉がこれほど似合わない男もいない、と柚木は思った。


「よぉ、待ってたぜ」

そんなセリフと同時に、豪快に塩をかけられる。反射的に右手をあげてそれを避けたが、それでも粒がパラパラと雨のような音をたてて降りかかった。柚木は微《かす》かに眉をひそめ、目の前に立つ道信を呆《あき》れたように見つめる。

だが、道信は悪びれもせずに玄関で塩の袋を持ったまま口を開いた。

「ご苦労だったな、柚木。椿は、無事に灰になったか?」

「……ええ、お陰様で」

「用意がいいだろう?」

勝ち誇った口調で、子どもの悪ふざけのような真似をする。上機嫌な時に道信が見せる、昔からの癖のようなものだった。

久しぶりで油断していたな、と柚木は息をつき、改めて気を引き締め直す。周囲の誰もが気儘《きまま》な振る舞いを許すが、図に乗らせるのは趣味ではない。

「まぁ、上がれよ」

顎《あご》をしゃくって柚木を促し、道信は先にリビングへと姿を消した。一人暮らしの彼のマンションは生活感のまったくない広い3LDKで、身の回りの世話をする北原《きたはら》という若い構成員が通う他はまるでモデルルームのように無機質な空間だ。柚木がこの部屋を訪れるのは数年ぶりになるが、昨日の続きを見ているように中は何も変わっていなかった。

インテリアはイタリア製のモノトーンで統一され、和紙を使ったレトロモダンなデザインの照明が高い天井から淡い光を落としている。少し前に所用で柚木のマンションを訪れた北原が、「なんだか、霧生さんの部屋と感じがよく似ていますね」と感想を述べていたことを思い出した。

「おまえんとこより、金はかかってる」

素早く柚木の表情を読んで、道信がそううそぶいた。だが、柚木は自分の趣味を道信が踏襲していることを知っている。もともと、彼はインテリアなどに細かい配慮をするようなタイプではない。事実、道信が高校時代に一人で住んでいた部屋は「住めればいい」の典型だった。あの頃と変わらないのは、そこに生活の匂いが微塵《みじん》もないことくらいだ。

「……失礼します」

一礼して革張りのソファに腰を下ろすと、道信自らがミニバーで酒を用意し始めた。こちらの好みも聞かずにさっさと新しいボトルを開ける彼に、柚木は思いついて声をかけてみる。

「北原はどうしました？」

「使いに出てる。ちょっとヤボ用でな」

「……そうですか」

「飲むだろ？」

今更な質問と一緒に、水も氷も入れない温《ぬる》いウィスキーのグラスが不躾《ぶしつけ》に手渡された。テーブルの上には北原が用意していったのか、形ばかりのツマミが皿に盛られていたが、道信が飲む時には食べ物を一切口にしないことを柚木は知っている。

「ずいぶんな歓迎ぶりですね」

「まぁ、呼びつけたのは俺だからな」

「………」

グラスをカチンと軽くぶつけて、道信は自分の分を美味《うま》そうに口に含んだ。椿の葬式直後だというのに乾杯か、とさすがに柚木も苦笑を禁じえなかったが、道信は一向に気にする気配もない。相変わらずのマイペースぶりは、屈託がないだけに逆にかわすのが難しかった。

「それで……用件というのはなんでしょう」

手の中のグラスを弄《もてあそ》びながら、柚木はいきなり本題を切り出した。気まぐれな道信と長く一緒にいるのは、必ずしも得策ではない。それでなくても、今日は些《いささ》か神経が尖《とが》っている。

だが、道信は悠々とグラスを傾けると、こちらを焦《じ》らすようにニヤリと笑った。

「せっかちだな、柚木。せっかくいい酒を手に入れたんだ。ゆっくり味わえよ」

「せっかくですが、椿の件がまだ片付いていませんから」

「珍しく手間取ってるな。組の力を使えばいいのによ」

「…………」

どうやら、すぐには解放してもらえそうもない。

柚木は胸で軽く溜め息をつくと、久しぶりに味わう濃厚な香りに目を細めた。普段はたしなむ程度にしか酒を飲まないが、いくら飲んでも潰《つぶ》れない自信はある。あんまり酔えないので飲む楽しみを見出せず、進んで手を出さないだけだ。

だが、珍しく今夜は酔いそうだと思った。

琥珀《こはく》の液体を口に含んだ瞬間、封印の結び目がほどけるように肩から力が抜けていく。椿はもう灰になったという実感が身体を満たし、彼の死にじわじわと現実味が湧《わ》いてきた。

「柚木、何を考えてる?」

「……別に何も」

「当ててやろうか」

「いずれにしても、霧生さんには関係ありません」

薄く微笑んで答えると、道信は鼻白んだような顔をする。間がもたなくなったのか、彼はシャツの胸ポケットから煙草を取り出すと、一本をくわえたまま片手で器用に火をつけた。流れるような一連の仕種《しぐさ》は、まるで役者のように堂に入ったものだった。

「椿に、礼を言った方がいいかもしれねぇな」

「え？」

「死んでくれたお陰で、おまえと飲む機会ができた」

長く煙を吐き出しながら、椿が化けて出そうな軽口を言う。柚木はグラスの残りを飲み干すと、静かにそれをテーブルの上に置いた。確かに、こういう場合でもなかったら、道信の誘いを受けたりはしなかっただろう。自分の配下の人間が、何者かに刺されて殺された。その顛末《てんまつ》を報告し、どうけじめをつけるつもりでいるのか話す義務が柚木にはある。

ただ、それは何も道信でなくても良かったのだ。駆け出しの頃と違い自分を贔屓《ひいき》にしている幹部は、正直他にいくらでもいる。残念ながら、椿が死んで関心を示した男が彼だけだったということだ。

しばらくの間、どちらも口を聞かずにいた。

柚木は空になったグラスに目を留め、酔いそうだと思ったのが儚《はかな》い希望だったのを思い知る。上等なアルコールの後味も、いつしか苦味だけが舌を刺していた。

「……椿は、女にやられたんだと思うか？」

「そうですね。抵抗した形跡が、ありませんから」

「あの男がなぁ……。柚木、信じられるか?」

「事実だけで考えれば」

素っ気《そっけ》ない返事に、道信が白けたように肩をすくめる。

だが、実際それしか答えようがなかった。椿が街から消えていた一ヵ月、誰と一緒にいたのかはまだ不明だが、前後の状況から考えてその相手が椿を刺して逃げたと考えるのが順当だ。柚木の知る限り、椿がそこまで他人に心を許すなんて容易には信じがたかったが、それが真実ならば相手をこの目で確かめてみたい。

確かめて、その後でどうするかはまた別の問題だ。

「俺には、わからねぇな」

半分ほど吸った煙草を灰皿でもみ消して、道信が呟いた。

「その手にかかってもいいと思う人間が、おまえにはいるか? 柚木?」

「いません」

「即答だな。だが、それが正解だ。そういう相手ができた時点で、椿の寿命は尽きたんだよ」

「…………」

おかしな話だ、と柚木は思った。よりによって、道信とこんな会話をしているなんて。知った風な口をきくなと、あの世で怒り狂う椿の姿が目に見えるようだ。

椿は、前から道信を警戒していた。四年前、柚木は兄貴分の不始末を詫《わ》びるために指を詰めようとしたことがある。それを止めたのが道信だと知ってから、ますますその傾向は強まった。そんな因縁をもつ自分と道信が顔を突き合わせて、他人に命を預けるなんて、と話している。傍《はた》から見れば、さぞかし白々しい光景に映ることだろう。

柚木の小指に残る傷は、今もそのまま道信の影に繋《つな》がっている。

「一人はいいものです」

不意に、自分でも驚くほど素直な声が出た。道信はまるきり無頓着な様子で、「そうだな」と同意する。その端整な横顔に、どこか満足そうな色が浮かび出た。

「おまえの場合は、本当に一人だからな。女を囲ったこともなし、若いもんを世話役に付けることもなし。他人の色恋にまで口を出す趣味はないが、本当に変わった男だよ」

「女を三人も囲う甲斐性は、確かにありませんね」

「うるせぇよ」

柚木の一言に、道信は子どもじみた声を出す。一人を選択しているのも、一人と長く付き合えないのも、どちらも似たり寄ったりの半端者だ。その自覚があるからこそ、自分たちはこうして生き長らえている。何かに飢えながら、その答えを決して手にすることもなく。

そう、手にするのは命が尽きる時だ。

柚木は眼鏡の奥で瞳を歪《ゆが》め、唇に皮肉な微笑を刻んだ。

「困ったものです。動くたびに、どこからか塩が落ちる」

「塩？」

「先ほど、あなたがかけたんですよ」

「だったら、上着を脱げよ」

有無を言わさぬ調子で、道信が命令をした。

「塩くらいでガタガタ言うな。俺が払ってやるから、上着を脱いでテラスへ来い」

そう言うなり機敏に立ちあがり、ルーフバルコニーに向かって歩き出す。その後ろ姿を、柚木は複雑な表情で見つめていた。彼が面白がっているのは一目瞭然で、今夜自分が呼ばれたのは退屈しのぎのためだろうかと、真面目に疑いたくなってくる。

「どうした？　陽が落ちて、なかなかいい眺めだぜ？」

振りかえった道信の言葉通り、地上二十階のバルコニーから見下ろす都会はさぞかし絶景なことだろう。柚木は、ゆっくりとソファから立ちあがった。


「ネクタイも外せよ」

脱いだ上着をひっつかみ、乱暴に上下に振りまわしながら道信が言う。かろうじて雨にならずに夜を迎えた空は、ろくな星の瞬きもなくひどく淋しい色になっていた。

闇に浮かぶシャツの白が、不自然なくらいに鮮やかだ。少し苛立《いらだ》った口調で、もう一度道信が「ネクタイも外せ」と言ってきた。

「いい加減、辛気くせぇ感じで嫌なんだよ」

「仕方ありません。葬式帰りですから」

「替えのネクタイくらい、用意できただろうが。椿の手前、それは遠慮したのか？」

「死人に遠慮なんかしませんよ」

「だったら……」

途中まで声を張り上げて、ふと彼は自分の発言の子どもっぽさに嫌気が差したようだ。そのままむっつりと黙り込み、柚木の上着をテラス用の椅子の背に無造作に引っ掛けた。

不意に訪れた沈黙に、なんだか柚木はおかしくなってくる。ネクタイの結び目に指をかけ、そのまま縛《いまし》めを解こうとすると、案の定道信が口を挟んできた。

「何してるんだよ」

「外せと言ったでしょう」

「………」

平然とそう言い返すと、道信はぐっと返事に詰まる。湿った風が二人を包み、どこかで椿が見ているような気がした。

「ひねくれたとこ、少しも変わってねぇな」

「そうですか？」

「真顔で言ってんじゃねぇよ。その証拠が、まだ残ってるんだろう？」

言うが早いか左の手首を取られると、小指の傷が道信の目の前に現れる。彼は間近でジッとそれを見つめながら、ホッと安堵《あんど》したように短い笑い声をたてた。

「ほら見ろ。薄く跡が残ってる」

「…………」

「俺がつけたも同然の傷だ」

「嬉しそうですね」

「墨も入れてない綺麗《きれい》な身体の、ここだけがおまえの綻《ほころ》びだからな」

「あなたが、入れさせないだけです」

それは、事実だった。道信自身は父から杯を受けた際に、背中に見事な昇竜《のぼりりゅう》を入れている。そのくせ、柚木の身体に墨が入るのは許さなかったのだ。柚木にとってはどちらでもいいことだったが、道信はフンと鼻先で笑い、「おまえは金の卵だからな」と言った。

「清潔な見かけも、大事な商談には必要だ」

「承知しています」

「カタギになるのも、ヤクザになるのも許さねぇからな」

「何故、あなたが決めるんです?」

わざと挑戦的な物言いをすると、道信は身を屈《かが》めて不意に小指へ唇を近づける。思わず柚木は左手を引っ込めようとしたが間に合わず、そのまま道信に食われてしまった。

「霧生さん……」

柚木の小指を咥《くわ》えたまま、道信の目線がゆっくりと柚木の眼差《まなざ》しをとらえる。勝ち誇ったような瞳で傷ついた指に舌を絡めると、彼は歪む柚木の顔を心ゆくまで堪能《たんのう》した。

「俺が止めなかったら、ここから先はなかっただろう？　だから、この傷は俺のものだ」

「…………」

「椿の野郎、今度こそ化けて出やがるかな」

期待するかのような口ぶりで、ようやく道信は指を解放する。生暖かく濡《ぬ》れたその場所は、薄闇の中でしっとりと艶を含んで光っていた。

「椿は……でませんよ」

柚木は唇の片端を歪めると、酷薄な声で答える。

「俺が、許してるんです。霧生さん、あなたが好きなように振る舞うのを……俺がね」

「……言うじゃねぇか、柚木。てめぇの口で、それが言える立場か？」

「そうでなければ、やすやすと指を預けたりはしません」

少しの怯《ひる》みもない声音に、微かな翳《かげ》りが道信の顔に生まれた。柚木は、緩めたネクタイを再びきつく締め直し、心持ち長い吐息をゆっくりと漏らす。

「あなたと話すと、いつも綱渡りをしているようだ」

「同じセリフ、俺が高校をやめる時にも聞いたぜ？　柚木先生」

「……懐かしいですね、その呼び方は」

ゆったりと微笑んで、柚木は椅子の背の上着を取り上げる。

先生、と言っても自分が教育実習で出向いた高校に、三年も留年した生徒として道信が在籍していただけだ。それが二人の最初の出会いとなり、数年の月日を経て、自分たらは思いがけない形で再会をした。

だが、無論そんなことは誰も知らない。椿にすら、柚木は話したことがなかった。

「そろそろ、失礼します。あなたの身がもたないでしょう?」

「笑いながら言うなよ、嫌な野郎だな」

「楽しかったですよ……久々に」

無感情に言い返し、それからふっと柚木は微笑の種類を変えた。

「お陰で、今夜は気が紛れました」

まったく付き合いの途絶えていた道信が、式の夜に限って呼びつけるなんてどういう風の吹き回しだろうと思ってはいたのだ。だが、小指の疼《うず》きが柚木を現実に立ち返らせてくれた。

道信はまだ何か言いたげだったが、結局は引き止めるのを諦めたようだ。柚木がテラスから室内へ戻ると、後に続いた彼がふと、うなじに触れて言った。

「襟に、まだ塩が残ってる」

「嘘《うそ》ですね」

「そういうことにしとけ」

そのまま手のひらがうなじを包み、柚木もしばらく足を止める。温かな体温が背中にまで伝わり、柚木は道信のさせるがままにしている自分へ苦笑した。許している、という言葉の本当の意味は、多分こういうことなのだ。

「……柚木」

「はい」

「俺は、椿とは違う」

「………………」

「俺が死んだ後まで、おまえが生きるのは許さない」

困ったものだ、と柚木は心の中で笑った。

それを決めるのは自分であって、道信ではない。だが、彼は教室で出会った頃から同じセリフを繰り返していた。柚木を自分のものだと決めてかかり、その決断に些かの疑問も感じていない。

「面白い人だ」

呟く柚木の微笑が、その色を闇に近づけた。

再び道信が口を開きかけた時、それを遮るように玄関で人の気配がする。うなじからパッと手が離され、柚木は手早く上着を羽織って身繕いを整えた。

「霧生さん、北原です。ただいま戻りました」

「おう、早かったな」

部屋に早足で入ってきた道信の世話係は、柚木に気がつくと慌てて深く頭を下げる。それからチラリと様子を窺《うかが》うように道信を見たが、無言で促されると息せき切ったように報告を始めた。

「椿さんの件ですが、この一ヵ月一緒にいた人間がわかりました」

「そうか、さすがに早《はえ》ぇな」

「どういうことですか？」

柚木が怪訝《けげん》な様子で尋ねると、道信は肩をすくめただけで答えない。

恐らく、柚木とは別に彼も椿を殺した相手を調べさせていたのだろう。柚木は自分だけでカタをつけようとしていたので、和泉会の情報網は使わなかったのだ。だが、若頭を務める道信の力はさすがに自分よりも上だった。

「それで、どんな女だ？　今、どこにいる？」

「実は……女じゃないんです。男でした。若い、ずいぶん綺麗な面《つら》をした……でも間違いなく男です」

「男……だと？」

意外な返答に、道信も柚木も顔色を変える。椿が同性に興味を持ったことなど、かつて一度もなかったからだ。一緒にいたからといって性的関係だったとは断言できないが、しかしその可能性の方が「単なる友人」と言われるより遥かに説得力がある。

「すみません、行方はまだわかりません。一人、つけてた奴が上手いことまかれて逃げられました。なんだか、かなり場慣れしてる奴で……でも、名前だけはわかってます。顔も写真がありますから、すぐに捕まえられると思います」

「名前は？」

「苗字は不明ですが、響《ひびき》と呼ばれていました」

「響……」

思わず、柚木が絶句する。その名前は、ほんの一年ほど前に聞いたばかりだった。

あの時は、そう……椿も一緒だった。椿は、響のことをよく知っていたはずだ。

どんな男で、どんな風に生き、どんな人間を食い物にしてきたかを。

「それなのに……」

柚木の声音に、道信がただ事ではないと察したらしい。急いで北原を下がらせ、「どうした？」と声をかけてくる。その顔も、もはや先刻までの彼ではない。和泉会の霧生道信だ。

「響を追います」

短く、それだけを柚木は答えた。その瞳に、かつてない悦びの色が瞬《またた》く。

響という人間は、実に興味深い相手だった。きっと、しばらくは退屈しないで済むだろう。

歩き出した柚木の背中に、道信の視線が突き刺さる。
今夜の名残《なご》りに、もう一度小指が熱く疼いた。

あとがき

こんにちは、神奈木です。このたびは『やわらかな闇を～』読んでいただき、どうもありがとうございました。この作品は十年以上前にノベルズとして刊行されたものですが、文庫化にあたって細かな点に修正や改稿をし、新たに生まれ変わらせております。舞台が夜の繁華街、ヤクザにヒモ、チンピラ、真剣師、アジア人……と胡散臭い雰囲気満載でお届けしていますが、どれも書きながら自分の中の中二炸裂で楽しんでしまいました。特に真剣師なる仕事は一度出してみたかったので（小池重明に一時期ハマってまして……照）、初出時には将棋で頭がいっぱいに。そのほか『享楽案内人』のモデルとして歌舞伎町案内人の中国人の方とか、当時はいろいろ興味あったものをモチーフに詰め込んであります。

あれから月日は流れ、夜の住人のありようも様変わりしましたが、この作品ではその頃の匂いを少しでも読者様に感じていただけたら嬉しいです。

さて、ここからちょっとネタバレ含みます。

この本は世界観が同じ三作品がリンクしています。共通で出てくるのが柚木という男で、いわゆる経済ヤクザですね。作中でも策を弄してのし上がっていきますが、巻末のショートではようやく主役に。発表時には、この話の冒頭とラストで二度びっくりした、という感想をよくいただきました。これを踏まえて本編『やわらかな～』のラストを読むと、じゃあこの先の二人はどうなるんだろう。もうカタがついてるのか、それももっと凄いことが起きてるのか、巻き込まれちゃったらどうするの、等々のご意見も出てくるかもしれませんが、その辺は皆様のご想像にお任せしたいと思います。もちろん、一作目『すべては～』の二人のその後についても同様に。本編でちらりと触れてはいますが、でもきっと一作目の二人が一番穏やかに過ごしているはず。二作目の二人は、何か刺激がないと退屈で生きてる気がしないぜ！　みたいな重症な人たちなので、何があっても人生を前のめりに楽しんでいるのではないかと。その辺は、最後まで登場しなかった彼も同じでしょう。ちなみに、彼は「本人が表舞台に登場しない」を決めて書いていた人物です。出てきたら、絶対死人が増えると思うので……（笑）。いや、冗談はさておき口の端に上るだけの方がラスボス感増すかなあと。

最後になりましたが、イラストを担当してくださったヤマダサクラコ様。男たちの艶と気怠さとカッコよさ、全てを完璧に表現していただき感激しております。お忙しい中、本当にありがとうございました。瞼にキスの場面、口絵にしてくださって嬉しいです。

また、初出時のダリア編集部担当様、イラストを描いてくださった石原理様、新たに生まれ変わらせてくれたルチル編集部様にも、この場を借りて深くお礼を申し上げます。

ではでは、またの機会にお会いいたしましょう――。

神奈木智　拝

https://twitter.com/skannagi（お仕事情報はこちらで）

✦初出　すべては夜から生まれる……………「やわらかな闇を抱いて」ダリアノベルズ（2003年6月）
やわらかな闇を抱いて…………………同上
汝、眠る事なかれ…………………………同上

神奈木智先生、ヤマダサクラコ先生へのお便り、本作品に関するご意見、ご感想などは
〒151-0051 東京都渋谷区千駄ヶ谷 4-9-7
幻冬舎コミックス　ルチル文庫「やわらかな闇を抱いて」係まで。

幻冬舎ルチル文庫

やわらかな闇を抱いて

2015年6月20日　第1刷発行

✦著者　神奈木 智　かんなぎ さとる

✦発行人　伊藤嘉彦

✦発行元　株式会社 幻冬舎コミックス
〒151-0051 東京都渋谷区千駄ヶ谷 4-9-7
電話 03(5411)6431［編集］

✦発売元　株式会社 幻冬舎
〒151-0051 東京都渋谷区千駄ヶ谷 4-9-7
電話 03(5411)6222［営業］
振替 00120-8-767643

✦印刷・製本所　中央精版印刷株式会社

✦検印廃止

万一、落丁乱丁のある場合は送料当社負担でお取替致します。幻冬舎宛にお送り下さい。本書の一部あるいは全部を無断で複写複製（デジタルデータ化も含みます）、放送、データ配信等をすることは、法律で認められた場合を除き、著作権の侵害となります。

定価はカバーに表示してあります。

©KANNAGI SATORU, GENTOSHA COMICS 2015
ISBN978-4-344-83471-2　C0193　Printed in Japan

本作品はフィクションです。実在の人物・団体・事件などには関係ありません。

幻冬舎コミックスホームページ　http://www.gentosha-comics.net

「幻冬舎ルチル文庫」

大好評発売中

イラスト 金ひかる

神奈木 智

[真夜中にお会いしましょう]

破産寸前の財閥・海堂寺家の御曹司・藍は、従兄弟の山吹、碧、紺とともに少しでも両親の残した借金を返そうとホストクラブ『ラ・フォンティーヌ』を始めたが、返済どころか店は開店休業状態。月一度訪れる借金取りの松浦龍二をたらし込もうと決意した藍は「抱いてください」と迫る。驚きながらも龍二は藍を抱きしめキスを……!? 待望の文庫化!!

本体価格580円+税

発行●幻冬舎コミックス　発売●幻冬舎

「幻冬舎ルチル文庫」

大好評発売中

『夕虹に仇花は泣く』

男花魁として人気の佳雨は百目鬼久弥との愛が確かなものになるにつけ、色街を出た後のことを考えるようになっていた。久弥の役に立ちたい——そう思い、英国人・デスモンドに英語を習い始めた佳雨。客なら割り切れるが、と嫉妬する久弥が佳雨は少しだけ嬉しい。ある日久弥は呉服問屋の当主・椿から彼の妻が佳雨の姉・雪紅だと話しかけられ……!?

神奈木 智

穂波ゆきね イラスト

本体価格560円+税

発行●幻冬舎コミックス　発売●幻冬舎

「幻冬舎ルチル文庫」
大好評発売中

十九歳の白雪慧樹が生まれて初めて一目惚れした相手は男だった。掴みどころのない雰囲気を纏うその男の名は雁ケ音爽。職なし宿なしの慧樹を爽は、幼なじみ・葛葉優一と営んでいる探偵事務所に雇う。一緒に暮らし始めた慧樹の恋心を気付いているだろうに、爽は全く相手にしてくれない。ある日、優一の愛娘・綾乃に関する依頼が別れた元妻から持ちかけられ……!?

イラスト 金ひかる

[あんたの愛を、俺にちょうだい]

神奈木智

本体価格552円+税

発行●幻冬舎コミックス　発売●幻冬舎

「幻冬舎ルチル文庫」
大好評発売中

発行●幻冬舎コミックス　発売●幻冬舎

「幻冬舎ルチル文庫」
大好評発売中

発行●幻冬舎コミックス　発売●幻冬舎

「幻冬舎ルチル文庫」
大好評発売中

発行●幻冬舎コミックス　発売●幻冬舎